定西为什么就叫定西呢？它是在中国西北，

历来被称作边关，是历代历朝都希望它安定吧，

它安定了，中国也就安定了。

贾平凹

陕西省丹凤县人，当代著名小说家、散文家。主要作品有《浮躁》《废都》《秦腔》《高兴》《古炉》《带灯》《老生》《极花》《山本》《暂坐》《秦岭记》等，作品翻译成英、法、德、瑞典、意大利、俄、日、韩、越等二十余种版本。曾获全国文学奖多次，及美国美孚飞马文学奖、法国费米那文学奖和法兰西文学艺术荣誉奖。2008年《秦腔》获得第七届茅盾文学奖；2011年《古炉》获得施耐庵长篇小说奖；2014年《带灯》获评"2013年度中国好书"；2016年《老生》获得第六届中华优秀出版物图书奖。

【增订本】

定西笔记

DING XI
NOTES

笔记

贾平凹 著

人民文学出版社

图书在版编目（CIP）数据

定西笔记／贾平凹著 . -- 增订本 . -- 北京：人民文学出版社，2024
ISBN 978 - 7 - 02 - 018372 - 2

Ⅰ.①定 … Ⅱ.①贾 … Ⅲ.①散文集 - 中国 - 当代 Ⅳ.① I267

中国国家版本馆 CIP 数据核字（2023）第 248267 号

责任编辑　陈　悦　杜　丽
装帧设计　李思安
责任校对　杨益民
责任印制　苏文强

出版发行　人民文学出版社
社　　址　北京市朝内大街166号
邮政编码　100705

印　　刷　北京盛通印刷股份有限公司
经　　销　全国新华书店等

字　　数　127千字
开　　本　850毫米×1168毫米　1/32
印　　张　7.625　插页1
印　　数　1—6000
版　　次　2024年4月北京第1版
印　　次　2024年4月第1次印刷

书　　号　978-7-02-018372-2
定　　价　56.00元

如有印装质量问题，请与本社图书销售中心调换。电话：010-65233595

目
录

定西笔记

哎哗啦啦，祥——云起呃，呼雷儿——电——闪。
——霎时呃，我——过——了呃——万水——千山。

这是我在唱秦腔。陕西人把起念作且，把响雷叫呼雷儿，把万水又发音成万费，同车的小吴也跟着我唱。秦腔是陕西人的戏，却广泛流行于甘肃、宁夏、青海、新疆，小吴是甘肃定西的，他竟然唱得比我还蛮实。

亏了有这个小吴当向导，我们已经在定西地区的县镇上行走十多天了。看见过山中一座小寺门口有个牌子，写着："天亮开门，天黑关门"。我们这次行走也是这般老实和自在，白天了，就驾车出发，哪儿有路，便跟着路走，风去哪儿，便去哪儿；晚上了就回城镇歇下，一切都没有目的，一切都随心所欲。当我们在车上尽情热闹的时候，车子也极度兴奋，它在西安城里跟随了我六年，一直哑巴着，我担心着它已经不会说话了，谁知这一路喇叭不断，像是疯了似的喊叫。

在我的认识里，中国是有三块地方很值得行走的，一是山西的运城和临汾一带，二是陕西的韩城合阳朝邑一带，再就是甘肃陇右了。这三块地方历史悠久，文化纯厚，都是国家的大德之域，其德刚健而文明，却同样的命运是它们都长期以来被国人忽略甚至遗忘。现代的经济发展遮蔽了它们曾经的光荣，人们无限向往着东南沿海地区的繁华，追逐那些新兴的旅游胜地的奇异，很少有人再肯光顾这三块地方，去了解别一样的地理环境，和别一样的人的生存状态。

我是从农村走出来的，生命里或许有着贫贱的基因吧，我喜欢着这几块地方，陕西韩城合阳朝邑一带曾无数次去过，运城临汾走过了三次，陇右也是去过的，遗憾的只是在天水附近，而天水再往北，仅仅为别的事专程到过一县。已经是很久很久了，我再没有离开西安，每天都似乎忙忙碌碌，忙碌完了却觉得毫无意义，杂事如同手机，烦死了它，又离不开它，被它控制，日子就这么在无聊和不满无聊的苦闷中一天天过去。二〇一〇年十月的一天，我去一个朋友家做客，那是个大家庭，四世同堂，他们都在说着笑着观看电视里的娱乐节目，我瞅见朋友的奶奶却一个人坐在玻璃窗下晒太阳。老奶奶鹤首鸡皮，嘴里并没有吃东西，但一直嚅嚅蠕动着，她可能看不懂电视里的内容，孩子们也没有话要和她说，她看着窗台上的猫打盹了，她开始打盹，一个上午就都在打盹。老太太在打盹里等待着开饭吗？或许在打盹里等待着死亡慢慢到来？那一刻中，我突然便萌生了这次行走的计划。

我对朋友说：咱驾车去陇右吧！

朋友说：你不是去过吗？

我说：咱从天水往北走，到定西去！

朋友说：定西？那是苦焦的地方，你说去定西？

我说：去不去？

朋友说：那就陪你吧。

说走就走，当天晚上我们便收拾行囊。一切都收拾停当了，我为"行走"二字笑了。过去有"上书房行走"之说，那不是个官衔，是一种资格和权力，可也仅仅能到皇帝的书房走动罢了，而我真好，竟可以愿意到哪儿就到哪儿了。

但是，我并不知道这次到定西地区大面积的行走要干什么，以前去了天水和定西的某个县，任务很明确，也曾经豪情满怀，给人夸耀：一座秦岭，西起定西岷县，东到陕西商州，我是沿山走的，走过了横分中国南北的最大的龙脊；一条渭河，源头在定西渭源，入黄河处是陕西潼关，我是溯河走的，走的是最能代表中国文明的血脉啊！可这次，却和以前不一样了，它是偶然就决定的，决定得连我也有些惊讶：先秦是从这里东进到陕建立了大秦帝国，我是要来寻根，领略先人的那一份荣耀吗？好像不是。是收集素材，为下一部长篇做准备吗？好像也不是。我在一本古书上读过这样的一句话，"纯粹而不杂，静一而不变，淡然无为，动而以天行，谓之养神"，那么，我是该养养神了，以行走来养神，换句话说，或者是来换换脑子，或者是来接接地气啊。

后半夜里进的定西城，定西城里差不多熄了灯火，空空的街道上有人喝醉了酒，拿脚在踢路灯杆。他是一个路灯杆接着一个路灯杆地踢，最后可能是踢疼了脚，坐在地上，任凭我们的车怎样按喇叭他也不起。打问哪儿有旅馆？他哇里哇啦，舌头在嘴里乱搅着，拿手指天。天上是一弯细月，细得像古时妇女头上的银簪。

天明出城，原来城是从山窝子里长出来的么，当然也同任何地方的城一样，是水泥城，但定西城的颜色和周围的环境反差并不大，只显得有些突然。

哎呀，到处都是山呀，已经开车走了几个小时了还在山上。这里的山怎么这般的模样呢，像是全俯着身子趴下去，没有了山头。每一道梁，大梁和小梁，都是黄褐色，又都是由上而下开裂着沟渠壑缝，开裂得又那么有秩序，高塬地皮原来有着一张褶皱的脸啊，这脸还一直在笑着。

看不到树，也没有石头，坡坎上时不时开着一种花，是野棉花，白得这儿一簇，那儿几点，感觉是从天上稀里哗啦掉下来了云疙瘩。

其实天上的云很少。

再走，再走，梁下多起来了带状的塬地，塬地却往往残缺，偶尔在那残缺处终于看到一庄子树了，猥琐的槐树或榆树的，那就是村庄。村庄里有狗咬，一条狗咬了，全村庄所有的狗都在咬，轰轰隆隆，如雷滚过。村庄后是一台台梯田，一直铺延到梁畔来，田里已经秋收，掰掉了苞谷穗子，只剩下一片苞谷秆子，早晨的霜太厚，秆子上的叶都蔫着，风吹着也不发出响来。

后来，太阳出来了，定西的太阳和别的地方的太阳不一样，特别有光，光得远处的山、沟、峁和村庄，短时间里都处了一片恍惚之中。下车拍一张照片吧，立在太阳没照到的地方，冷是那空气里满是刀子，要割下鼻子和耳朵，但只要一站在太阳底下，立即又暖和了。对面圪梁梁上好像站着了一个人，光在身后晕出一片红，身子似乎都要透明了。喊一声过去，声在沟的上空就散了节奏，没了节奏话便成了风，他也喊一声过来，过来的也是风，相互摇摇手，小吴说他要唱呀，小吴学会了我教的那几句秦腔，他却唱开了花儿：

叫——你把我——想倒了哈，骨头哈——想成——干草了哈，走呢——走——呢，越远了。不来哈——是由不得——我了哈。

车不能停，猛地一停，车后边追我们的尘土就扑到车前，立即生出一堆蘑菇云。蘑菇云好容易散了，路边突然有着三间瓦房。前不着村，后不靠店的，怎么就有了三间瓦房，一垒六个旧轮胎放在那里，提示着这是为过往车辆补胎充气的。但没有人，屋门敞开，敞开的屋门是一洼黑的洞。一只白狗见了我们不理睬，往门洞里走，走进去也成了黑狗，黑得不见了。瓦房顶上好像扔着些绳子，那不是绳咯，是干枯了的葫芦蔓，檐角上还吊着一个葫芦。瓦房的左边有着一堆土，土堆上插了个木牌，上面写着一个字：男。路对面的土崖下，土块子垒起一截墙，二尺高的，上面放着一页瓦，瓦上也写了一个字：女。想了想，这是给补胎充气人提供的厕所么。

从山梁上往沟道去，左一拐，右一拐，路就考司机了，车倒没事，人却摇得要散架，好的是路边有了柳。从没见过这么粗的柳呀，路东边三棵，路西边四棵，都是瓮壮的桩，桩上聚一簇细腰条子。小吴说，这是左公柳，当年左宗棠征西，沿途就栽这样的柳，可惜见过这七棵，再也没眼福了。但路边却有了一个村子，村口站着一个老者。

老者的相貌高古，让我们疑惑，是不是古人？在定西常能见到这种高古的人，但他们多不愿和生人说话，只是一笑，而且无声，立即就走掉了。这老者也是，明明看见我们要来村子，他就进了巷道，再也没有踪影了。

巷道很窄，还坑坑洼洼不平整，巷道怎么能是这样呢，不要说架子车拉不过去，黑来走路也得把人绊倒。两边的房子也都是土坯墙，是缺少木料的缘故吧，盖得又低又小。想进一些人家里去，看看是不是一进屋门就是大炕，可差不多的院门都挂了锁，即便没锁的，又全关着，怎么拍门环也不见开。

忽地一群麻雀落下来，在巷道里碎声乱吵，忽地再飞走起，像一大片的麻布在空中飘。

当拐进另一条巷道，终于发现了一户院门掩着，门口左右摆着两块石头，这石头算作是守门狮吗？推门进去，院子里却好大呀，坐着一个老婆子给一个小女娃梳头，捏住了一个什么东西，正骂着让小女娃看，见我们突然进来，忙说：啊达的？我说：定西城里的。她说：噢，怪冷的，晒哈。忙把手里的东西扔了，起来进屋给我们搬凳子。我的朋友问小女娃：你婆在你头上捏了个啥？我还以为是虱哩！司机作怪，偏在地上瞅，瞅着了，说：咦，我还以为不是虱哩！小女娃一直噘着嘴，蛮俊的，颧骨上有两团红。

我们并没有坐在那里晒太阳，院里屋里都转着看了，没话找话的和老婆子说。老婆子的脸非常小，慢慢话就多起来，说她家的房子三十年了，打前年就想修，但椽瓦钱不够，儿子儿媳便到西安打工去了，家里剩下她和死老汉带着孙女。说孙女啥都好，让她疼爱得就像从地里刨出了颗胖土豆，只是病多，三天两头不是咳嗽就是肚子疼，所以死老汉一早去西沟岔行门户，没带这碎仔仔，碎仔仔和她置气哈。她说着的时候，小女娃还是噘着嘴，她就在怀里掏，掏了半天掏出一颗糖，往小女娃嘴里一塞，说：笑一哈。小女娃没有笑，我们倒笑了，问这村里怎么没人呀？她说：是人少了，年轻的都到城里讨生活了，还有老人娃娃们呀！我说：院门都锁着或关着，叫着也没人开。她说：没事么？我说：没事，去看看。她说：那有啥看的？我说：照照相么。老婆子立马让我给她和孙女照，然后领着我们在村里敲那些关着院门的人家，嚷嚷：开门，开门哈菊娃！院门拉开了一个缝，里边的说：阿婆，啥事？老婆子说：你囚呀，城里人给你照相呀不开门？门却哐地又关严了，里边说：呀呀，让我先洗洗脸哈！

我们先后进了七户人家，家家的院子都大，院墙上全架着苞谷棒子，太阳一照，黄灿灿的。我们说一句：日子好么。主人家的男人在的，男人都会说：好么，好么。他们言语短，手脚无措，总是过去再摸摸苞谷棒子，还抠下一颗在嘴里嚼，然后憨厚地笑。院子里有猪圈，白猪黑猪的，不是哼哼着讨吃，就是吃饱了躺着不动。有鸡，鸡不是散养的，都在鸡舍，鸡舍却是铁丝编的笼，前边只开一个口儿装了食槽，十几个鸡头就伸出来，它们永远在吃，一俯一仰，俯俯仰仰，像是弹着钢琴上的键，又像是不停点地叩拜。狗和猫是自由的，因为它们能在固定的地方拉屎尿尿，但狗并不忠于职守，我们去后，刚叫一下，主人说：嗨！就不吭声了，蹲在那里专注起猫，猫在厨房顶上来回地走，悠闲而威严。就在男人领着我们到堂屋和厨房去转着看的时候，女人总是在那里不停地收拾，其实院子已经很干净了，而屋里的柜盖呀，桌面呀，窗台呀，擦得起了光亮，尤其是厨房，剩下的一棵葱，切成段儿放在盘子里，油瓶在木橛子上挂着，洗了的碗一个一个反扣着在桌板上，还苫了白布。到了柴棚门口，女人说：候一会儿，乱得很！我们说：柴棚里就是乱的地方么！进去后，竟然墙上挂的，地上放的，是各种各样的农具，锄呀，锨呀，镰呀，镢是板镢和牙子镢，犁是犁杖，套绳和铧，还有耱子、耙子、椽枷、筛子、笼头、暗眼、草帘子、磨杠子、木墩子，切草料的铡子，打胡基（土坯）的杵子，用布条缠了沿的背篓、筐篮、簸箕、圆笼。女人用筐子装了些料要往柴棚后的那个草庵去，草庵里竟然有毛驴，毛驴总想和我们说话，可说了半天，也就是昂哇昂哇一句话。

我们和老婆子走出了第七户院子，老婆子家的狗就在院门口候着，老婆子喜欢地说：接我啦？抱起了狗，狗的尾巴就摇摆得像风中的旗。

出了村子，我的情绪依然很高，对朋友说：这才是农村的味啊！

朋友觉得莫名其妙，说：咹？

我说：什么东西就应该是什么味呀，就像羊肉没了膻味那还算羊肉吗？

朋友说：你这人就怪了，刚进村嫌巷道太窄，嫌房盖得太矮，转了一圈又说这好那好，农村就该是这个味，这不自相矛盾吗？

朋友的话一下子把我噎住了。

我是上个世纪七十年代从农村到西安的，几十年里，每当看到那些粗笨的农具，那些怪脾气的牲口，那些呛人的炕灶烟味，甚至见到巷道里的瓦砾、柴草和散落的牛粪狗屎，就产生出一种兴奋来，也以此来认同我的故乡，希望着农村永远就是这样子。但是，我去过江浙的农村，那里已经没一点农村的影子了，即使在陕西，经过十村九庄再也看不到一头牛了，而在这里，农具还这么多，牲畜还这么多，农事保持得如此的完整和有秩序！但我也明白我所认同的这种状态代表了落后和贫穷，只能改变它，甚至消亡它，才是中国农村走向富强的出路啊。

我半天再没有说话，天上那一大片麻布又出现了，突然间成百只山麻雀就落在村口到车的那段路面上，它们仍是碎声乱吵，吵得人头痛。

还是黄土梁，还是黄土梁上的路，但今天的路比昨天的窄，窄得一有会车一方就得先停下来。好的是已经半天了，只有我们这辆车，嚷嚷：这是咱们的专道么！可刚转过一道弯，前边就走着了一个牛车。

不会吧，怎么会有牛车？就是牛车。

车是四个轮子上一面大的木板，没帮没栏，前边横着一根长杠，两头牛，牛都老了，头大身子短。牛车上坐着一个人，光着头，耳朵却戴了个毛烘烘的耳套，猜想是招风耳。

吆车人当然知道一辆小汽车在后边，便把牛车往路边赶。牛似乎不配合，扯一回缰绳挪一步，再扯一回缰绳再挪一步。旁边村庄有拾粪的过来了，吆车人骂了一句：妈的×！一个轮子终于碾到路边的水渠沟，牛车便四十度地斜了。

我不让司机按喇叭，也不让超，小心牛车翻了。小吴说：没事，二牛抬杠翻不了。

车超过去了，听到牛响响地打了个喷嚏，还听到拾粪的说：汽车能屙粪就好了。

公路经过一个镇子，镇子上正逢集，公路也就是了街道，两旁摆满了五颜六色的日常百货，还有苞谷土豆、瓜果蔬菜，还有牲畜和农具，也还有了油条摊子、醪糟锅子。人就在中间拥成了疙瘩。这场面在任何农村都见过，却这时我想着了：常常有蚂蚁莫名其妙地聚了堆，那一定是蚂蚁集。集上的人大多都是平脸黑棉袄，也有耸鼻深目高颧骨的，戴着白帽。黑与白的颜色里偶尔又有了红，是那些年轻女子的羽绒服，她们爱并排横着走，不停地有东西吃，嘎嘎嘎笑。

我们的车在人窝里挪不动，喇叭响着，有人让路，有人就是不让。小吴头从车窗伸出去喊：耳朵聋啦？县长的车！我看见有人撅着屁股在那里挑选笊篱，回过头看了看，又在挑选笊篱，还把一把鼻涕顺手抹在了车上，忙按住了小吴，把车窗摇起，说那么多人走着，咱坐在车上，已经特殊了，不敢提自己是领导或警察，这人稠广众中领导和警察是另一类的弱势群体。于是，我们都下了车也去逛集，让司机慢慢把车开到镇东头，然后在那里会合。

我们去问人家的苞谷价小麦价，价钱比陕西的要高，陕西的蒜和生姜涨价了，这里的倒便宜。感兴趣的是那些荞面，竟然都是苦荞面，一袋一袋摆了那么多，问为什么叫苦荞面，是因为荞麦产量少，收获起来辛苦，就如要在农民二字前边加个苦字的意思吗？他们七嘴八舌地就讲苦荞面不同于荞面，苦荞面味苦，保健作用却强，吃了能防癌，能降血糖，能软化血管，但血脂高的人不能久吃，吃多了血就成清水了。他们说着就动手称了一袋，而且开始算账。我们忙说：不要称不要称，只是问问。他们就生气了：不买你让我们说这么多？脸色难看，似乎还骂了一句。骂的是土话，幸亏我们听不懂，就权当他们没骂，赶紧走开，去给那个吃羊杂汤的人照相了。吃羊杂汤的是个老汉，就蹴在卖羊杂汤的锅旁边，他吃得响声很大，帽子都摘了，头上冒热气，对于我们拍照不在意，还摆了个姿势。可把镜头对准了另一个人，那人说：不要拍！我们就不拍了。那人是提了个饭盒买羊杂汤的。饭盒提走了，摊主说：那是镇政府的。

去卖牲口的那儿给牲口拍照吧，牲口有牛有驴有羊和猪，牲口的表情各种各样，有高兴的，有不高兴的，高兴的可能是早已不满意了主人，巴不得另择新家，不高兴的是知道主人要卖掉它呀，尤其是那些猪，额颅上皱出一盘绳的纹，气得在那里又屙又尿。买卖牲口，当然和陕西关中的风俗一样，买者和卖者撩起衣襟，两只手在下面捏码子。这些没啥稀罕的，就去了萝卜和白菜的摊位上。那个卖胡萝卜的，手指头也冻得像胡萝卜，见了我们，小眼睛一眨一眨，殷勤起来，说：买了土鸡蛋了吗？我们说：没买。他说：不要买，要买到村里去买，前边那几笼鸡蛋说是土鸡蛋，其实不是土鸡蛋。想要买土鸡吗？买土布吗？我们说：你咋老说土东西？他说：你们这穿着一看就是城里人么，城里人怪呀，找老婆要洋气的，穿衣服要洋气的，啥都要洋气哩，吃东西却要土的！我们哈哈大笑，旁边卖豆腐的小伙子一直看我们，后来就蹭了过来，小声说：收彩陶吗？我有马家窑的，绝对保真！我说：好好卖你的豆腐！就去了一个卖鞋垫的地摊上挑拣鞋垫。鞋垫都是手工纳的，上边纳着有人的头像和各类花的图案，小吴建议我买那有人头像的,说:这是小人,把小人踩在脚下,就没人扰伤!我选了双有牡丹花的,因为花中还纳有字,一个写着"爱你终生",一个写着"伴你一世"。

集市靠北的一个巷口,人围了一堆在唱歌,以为是县剧团的下乡演出,或是谁家过红白事请了龟兹班,近去看了,原来是唱花儿,一个能唱花儿的歌手被人怂恿着:亮一段吧,亮一段吧。歌手也是唱花儿有瘾,也是歌手生来是人来疯,人多一起哄,就唱起来了。一个人一唱,人窝里又有人喉咙痒,三个五个就跳出来一伙唱了。这集上的人说话我听得懂,一唱花儿就不知道唱的什么词了。让小吴翻译,小吴说:唱的是《太平年》,一个鸟儿一个头,两只眼睛明炯炯,两只嘛黄爪儿,就墙头站哦太平年,一撮撮尾巴,落后头哦就年太平。

两个小时后,我们和司机在镇东头的柳树下会合。柳树后的土塄坎上,一头牛在那里啃吃着野酸枣刺。我的朋友奇怪牛吃那刺不嫌扎呀?我说你城里人不懂,我故乡有顺口溜,就是:人吃辣子图辣哩,牛吃刺子图扎哩。这时候,手机来了信息,竟是:对联,爱你终生,伴你一世。我说:啊,这和我买的鞋垫上的话一样么!司机却在远处说:往下看!我再把这信息往下翻,竟是:横批,发错人了。

据说鸠摩罗什去中原时在天水和定西住过一段时间，所以这里的寺庙就多。去漳县的路上，看到一座孤零零的又高又陡的土崖，土崖上有一个古庙。

感到不解的是：黄土高原上水土容易流失，这土崖怎么几百年不曾坍塌？那么险峻的，路细得像甩上去的绳，咋能就在上边造了庙？

朋友说他去过陕北佳县的白云观，也是造在山顶上，当地人讲，建造的时候砖瓦人运不上去，让羊运，把各村的羊都吆来，一只羊身上捆两块砖或四页瓦，羊就轻而易举地把砖瓦驮上山了。这土崖上的古庙也是羊驮上去的砖瓦吗？不晓得，可这土崖立楞楞的，是羊也站不住啊！

土崖不远处有个几十户的小村，村里却有一个戏楼。戏楼上有四个大字，从左到右念是：响过行云。从右到左念是：云行过响。从左从右念过三遍，到底没弄明白怎么念着正确。

进村去吃午饭，村民很好客，竟有三四个人都让到他们家去，后来一个人就对一个老汉说：我家里兰州的，他家是北京的，你家是西安的，西安来的客人就到你家吧。我们觉得奇怪，怎么是兰州的北京的西安的？到了老汉家，老汉才说了缘故，原来这村里大学生多，有在兰州上大学的，有在北京上大学的，他家的儿子在西安上过大学。我们就感叹这么偏僻的小村里竟然还出了这么多大学生。老汉说：娃娃都刻苦，庙里神也灵。我问：是前边土崖上庙里的神吗？他说：每年高考，去庙里的人多得很，神知道我们这儿苦焦，给娃娃剥农民皮哩。我夸他比喻得好，老汉便哧哧地笑，他少了一颗门牙，笑着就漏气。可是，当我问起他儿子毕业后分配在西安的什么单位，他的脸苦愁了，说在西安上学的先后有五个娃，有一个考上了公务员，四个还没单位，在晃荡哩，他儿子就是其中一个。县上已经答应这些娃娃一回来就安排工作，但娃娃就是不回来。供养了二十年，只说要享娃娃的福了，至今没用过娃娃一分钱，也不指望花娃娃的钱，可年龄一天天大了，这么晃荡着咋能娶上媳妇呢？老汉的话使我们都哑巴了，不知道该给他说什么好，就尴尬地立在那里。还是老汉说了话：不说了，不说了，或许咱们说话这阵，我娃寻下工作了，吃饭，吃饭！

这一顿饭吃得没滋味。

离开老汉家的时候，巷道里有五个孩子背着书包跑了过去，这是去上学的，学校离这个村可能还远。小吴说：这五个学生里说不定也出几个大学生哩！而我却想到另一件事：越是贫困的农村越是拼死拼活地供养着孩子们上大学，终于有了大学生，它耗尽了一个家，也耗尽了一个地方，而大学生百分之九十再不回到当地，一年一年，一批一批，农村的人才、财物就这样被掏空着，再掏空着……

又经过了戏楼，戏楼下的一排碌墙上坐着几个人在晒太阳，一杆旱烟锅，你吃完一锅子了，装了烟来轮到我吃，我吃完一锅子了装了烟来再轮给他吃，烟锅嘴子水淋淋的。听见他们在说马，说马是世上最倒霉最没出息的动物，它和驴交配，生下孩子却不像它，也不叫它的姓氏。

朋友悄声问我：那马和驴的孩子是啥？

我说：是骡子！

第五天的那个中午，本来可以在一个有桥的镇子上吃饭，司机说到下一个村子吃饭吧，但再没遇到村子，大家就饥肠辘辘，看太阳像一摊蛋饼贴在天上，蛋饼掉下来多好，而蛋饼似乎一直在对面那条梁的上空，即便能掉下来，也掉不到我们这边来。车继续往前开，转过一个斜弯子，一个人便在那一片掰了苞谷棒的秆子里，突然发现那个人是俩脑袋。车是一闪而过的，朋友和小吴坐在后座并没在意，我在副驾驶座上却听见了风里的说话：把舌头给我！舌头给我！司机说：咦，人吃人哩！扭头要看，我说：看你的路！司机笑了，却说他肚子寡了，想吃羊。

司机得知要来定西，他就说过：这下可以放开肚皮吃羊肉了。在他的意识里，黄土高原上是走到哪儿都会有羊肉吃的，可十多天里，我们没有吃到羊肉，甚至所到之处也没见到放羊的，难道这里就压根儿没羊？

同车的还有一个当地抱养娃娃的妇女，她是半路上搭的我们的车，她说：黄土梁上不爱惦羊咯。

羊谁不爱惦呀，人爱惦着，豹子和狼也爱惦着，怎么是黄土山梁就不爱惦呢？

妇女说：羊是山梁上的虱咯。

我一时没醒开她的话，问是政府禁止放羊了？她说是不让放了，都圈养的。我终于明白了，羊在山梁上吃草总是掘根，容易破坏植被，水土流失，人身上如果有一两个虱子，人就变形，浑身的不舒服，山梁上有了吃草的羊，羊也就是山梁上的虱子了。这妇女比喻得这么好，我就感叹起来，但我不能夸她，便夸她怀里的孩子精灵！妇女说：是精灵，别的娃娃出生七天才睁眼，这娃娃一落下草就睒灯！

在定安、陇西、通渭，甚或渭源，经过了多少村庄，村庄里走进多少人家，说得最多的就是太阳和水。太阳高挂在天上，水在地上流动，这里的人想着办法要把它们捉到家来，这就是太阳灶和水窖。

地处高原，冬天里那个冷真是冷得酷，酷冷，尤其一有风，半空里就像飞着无数的刀子。竟然石头也能咬手，你只要摸一下石头，手能脱一层皮。人就盼着太阳出来，太阳一出来，老的少的，甚或猫呀狗呀都不在屋里待，全要晒暖暖。青藏高原的上空云是美丽的，赠你一朵云吧，藏人就制作出了哈达。而定西的冬天里太阳是最好的东西，怎样能把太阳留在自家呢，太阳灶就在家家的院子里安装了。太阳灶其实很简单，只是一个像筐篮大的铁盘，里面嵌满了玻璃镜片，它就热烘烘起来，如果想要热水，只需在盘上伸出一个铁棍，棍头上绕出一个圈儿，放上一壶水，不大一会儿水就咕咕嘟嘟滚开了。夏日里，定西高原上多种有向日葵，向日葵一整天都是仰脸扭脖跟着太阳转，冬季里的太阳灶边，差不多都坐着人，男人们或喝茶说话，女人们或是做针线，常常是大人都去干别的活了，孩子们仍在那里的小木桌上做作业，脚下就是卧着的眼睛成了一条线的小猫小狗。

而水窖呢？

这里是极度缺水的，年降水量仅在四十毫米，而且集中在六月至九月，也就是下两三次雨。地方志讲，历史上的定西仍是富饶的，当年的伯夷叔齐不愿做皇，又耻食周粟，就是沿着渭河岸边的泽水密林到首阳山隐居的。天气的变化，使定西逐渐缺水而改变了地理环境。我曾写过一篇天气的文章，认为天气就是天意，天意要兴盛一个国家就风调雨顺五谷丰登，天意要灭亡一个王朝就连年干旱或洪水滔天，而天意要成就中国的黄土高原，定西便只有缺雨。黄土高原，蔓延到陕西的北部，那里也是严重缺雨。我曾在铜川一些村子待过，眼见着村里人洗脸都是一瓢水在瓦盆里，瓦盆必须斜靠着墙根才能把水掬起来抹到脸上，一家大小排着洗，洗着洗着水就没了，最后的人只能用湿毛巾擦擦眼。如果瓦盆里还有水，那就积攒到大瓦盆里，积攒三四天，用来洗衣服，洗完了衣服沉淀了，清的喂鸡喂猪，浊的浇地里的蒜和葱。而三里五里，甚或十里的某一个沟底有了一眼泉，泉边都修个龙王庙，水细得像小孩在尿，来接水的桶、盆、缸、壶每天排十几米长的队。铜川缺水，铜川沟底里还偶尔有泉，定西的沟里绝对没有泉，在三月到九月的日子里，天上突然有了乌云，乌云从山梁那边过来，所有的人都举头向天上望，那真正是渴望，望见乌云变成各种形状，是山川模样，是动物模样，飘浮到头顶上了，却常常只掉下来几颗雨点就又什么都没有了。他们说：掉了一颗雨星子。这话没夸张，确实是一颗雨星子，这颗雨星子最好能砸着自己的脑袋，或者，能让自己眼瞧着砸在地上，哧地冒出一股土烟。

于是，定西人就创造了水窖。

在地头上，我们随时都能看到水窖，那是在下雨天将沟沟岔岔流下来的水引导储人的，这些水可以用来灌溉。定西的土地其实很老实，也乖，只要给灌溉一点儿水，苞谷棒子也就长得像牛犄角。而每户人家的吃呀喝呀洗呀涮呀的生活用水，则是在房前屋后建有水窖。水窖的大小和多少，是家庭富裕日子滋润的象征，这如城里人的住房和汽车一样。我打开过一户人家的水窖帮着汲水，那像打开了一个金银库，阳光从水房的窗子射进来，正好射在水面上，水呈放着光亮，光亮又返照在水房墙上，竟有了七彩的晕辉。我用瓢舀了一下，惊讶着水是那样清洁。主人说下雨时收了水到窖后，水是灰的浊的，要沉淀了，捞去水面上的树叶草末、鸡屎羊粪，这水就可以常年饮用了。我说：窖里的水是固定的死水，杂质即便沉淀后不是仍会生成一种臭味吗？他们说：黄土窖没味道。我说：黄土窖没味道？这就怪了！他们说：哈，就这么怪！

上天造物，它就要给物生存的理由和条件，在水边的吃水里的东西，在山上的吃山里的东西，如果定西缺水，做了水窖水又容易腐败，哪里还会有人去居住呢？

现在我已经完全知道怎样建水窖了。那是选好了平台，选平台当然要讲究风水，要选黄道吉日，要祭奠神灵，然后垂直往下挖，挖出一米宽五米深了，洞口便向外延伸，形成窖脖。再向下挖，挖八米，就是窖身。窖底一定得呈凸形。挖成的窖整个形状呈口小底大，就像是热水瓶的瓶胆。下来，技术含量就高了，得在窖身的四壁上钻孔，一排一排均匀地钻，钻出五十厘米深，这工作叫布麻眼。一个窖差不多要布三千个麻眼。接着，用和好的胶泥做成泥角或者泥饼，泥角钉进麻眼，泥饼贴在麻眼外露出的泥角端，泥饼一个挨着一个地镶嵌，就像是铠甲一样把窖身包裹起来。对了，胶泥特讲究，先把泥泡好，窝好，用锨搅好，用脚反复踩好，用镩刀背用力摔打好，直到将胶泥调和得如揉出的面团一样有了筋丝，能拉开又拽不断，才能使用。糊好了窖身，还得用木槌子捶打，一寸不留空地捶打，连续捶打上一个月，最后最后了，再用斧头脑儿又捶打一遍，这才是一个窖完工了。完工了的水窖都要在窖上盖个小水房，安置龙王神龛。窖有窖盖，盖上有锁，水房的也上锁，那是任何外人都不能随便去的地方。

别的地方的农民一生得完成三件大事，一是给儿女结婚，二是盖一院房子，三是为老人送终。定西的农民除了这三件大事，还多了一件，就是打水窖。

从山梁下来到了河川道，河川道也就是渭河川道，立马就有了树。如夏天的白雨不过犁沟一样，一道渭河，北岸黄土塬梁上光秃秃的，南岸就有树了，就这么决然。树当然还只是榆树、槐树、桐树、小叶子杨树，但只要有树，河南的人就瞧不起了河北的人，河北的女子能嫁到河南，那就是寻到好人家了。

　　一个叫半阴的村子，是在从塬上刚刚下来就遇到的村子，可以说，这算我见到树最多的村子了。树都不大，出地就分杈，枝干好像有着亲情或是恋情与偷情，相互纠缠着往上长。从树中间钻不过去的，就蹾下来，看到的是黄宾虹的画，纷乱的模糊的一片黑色线条哈。再往远处看，更多的树，树中忽隐忽现着屋舍，全是些石灰搪抹过的墙，长的，方的，三角的，又是吴冠中的画了，白和黑的色块。村口有一条水渠，渠可能年久未修，废成小溪，里边竟然还有鱼，柳叶子细的鱼，如飘在空中，是柳宗元《小石潭记》中描写的那种。被水渠领着走过去，又一丛杂树中有一间木屋，还是个水磨坊呀。多少年里都没见到过这种水磨坊了，水磨坊里的一切陈设使我回忆起了我少年时在故乡当磨倌的情景。啊这吊起的石磨，上扇不动，下扇动，如有些人咬嚼和说话的模样，啊这笆篮，啊这落得灰尘变粗的电线，啊这原木做成的窗子，窗上的蜘蛛网，啊这低低的随时可能碰着头的支梁。出了磨坊去看水轮，水轮静静地竖在那里，两边石壁上绿苔重重，而旁边则又是一片乱树，有一棵横卧过来，开满了白花，以为是野棉花，可野棉花怎么会长成树呢，近去看了，原来是毛柳，毛柳的絮竟有这么大这么白呀。

从水磨坊出来，走了几家，家家依然是养了驴、猪、狗、猫、鸡，这些动物都在门前土场上，见了我们就微笑，表情亲近，只有狗多话，汪汪了两句，见没人回应，也卧下来不动了。

首阳山，就是伯夷叔齐待过的那座山，山的名字多好，首先见到阳光的山呀。我们去看伯夷叔齐，伯夷叔齐就睡在两个墓堆里，这两个墓堆相距不远，墓堆上都有树。据说树上的鸟半夜里常说话，而从对面的山上往这边看，看到的是人形的首阳山怀抱了两个婴儿。

两个墓堆前有一个庙，庙右是一片黑松树林子，太阳还红着，它那儿就黑乎乎的；庙左的林子树杂，十月里树已落叶，一尺的苍灰线条里不时地有白道，白道往出跳，那是桦木。庙不大，塑着二位先贤的泥像，皆瘦骨嶙峋，还有一个更瘦的，是个看庙人，蓬头垢面，衣衫破旧，就住在庙右前的一间小屋里。小屋三年前着了火，屋顶坍了，现在上面苫了柴草还继续住，进去看看，黑得似夜，划了火柴才看清四壁被大火烧熏得如涂了漆，一床破被，一口铁锅，再无别的。问他这怎么生活呀，他好像不爱听，竟然领我又到庙里，我才发现庙后墙角还有一个小柜，他打开了，取出六包商店里常见的那种挂面，还有半口袋核桃，他说：这生活不好吗？

从庙里出来，顺着庙前的斜坡走下。斜坡是修了路，还铺着砖，但生满苔，苔虽发黑，仍湿滑得难以开步。

首阳山是当地政府做了旅游景点的，可能是来的人太少，我们一去，不远处的村人也就来看稀罕。问起那个看庙人怎么是那般形状，他们说那是个流浪汉，私自来这里要看庙的。并且说，村里人都在说这看庙人原是有家有舍的，为了什么冤枉事上访了几十年，家破人亡了还解决不了，就脑子出了毛病，也从此不上访了才来这里的。上访的事全国各地都有，已经有一种职业叫上访专业户，也还有了一种机构叫上访办，上访是现在基层政府最头痛的事啊。因此，大家就说起产生上访和上访难、难解决的各种原因，说着说着激愤了，就都在激愤，激愤世风日下。

我突然想，我们现在说起孔子的时代，认为孔子的时代不错吧，百花齐放，百家争鸣的，可孔子在当时也哀叹世风日下，要复周礼；而且，伯夷叔齐就是商末周初人，伯夷叔齐竟然也在说：今天下暗，周德衰。那么，最理想的世风是什么呢？人类是不是都不满意自己所处的社会呢？

以前真不知道定西地区还是中国西部中药材集中产地，更没有想到它还产盐，井盐的历史竟然比四川的自贡还要早。

在各县行走，但凡进到农户人家，差不多的屋子里、院子里都能看到在晒着药材，先是并没在意，后来到了岷县，城街上随处可见中药材货栈，问起是怎么回事，一位长着白胡子的老者说：你请我喝酒，我告诉你。我们那个下午就在酒馆里喝酒，老者就说起了岷县的历史，岷县之所以在这里设县城，是这里为中药材的集散地，岷县城历来都叫作药城。乘着酒兴，老者竟领着我们去了商贸中心的那条街，那里有更多的宾馆和酒店，全住着从陕西、武汉、四川、河南、湖北来的药商，来拉货的车辆排着长队在那里等候。从商贸中心街出来，又到别的街上访问那些私人药铺和一些一两间门面挂着牌子的中医大夫，他们几乎都是在一边行医，一边收购，加工各种水蜜丸散。

我以前对中药材知之甚少，岷县使我们产生了浓厚的兴趣，就多住了一天，了解到岷县的中药材有二百五十多种，主要的是当归。当归人称"十方九归"，是中药里最常用的药材，也称为"妇科中的人参"，它属于伞形科三年草本植物，药用部分为根，根头称归首，分枝称归身，须根称归尾，加工出为原来归、常行归、道底归、箱归、胡首归。

这里的土地里没有什么矿藏，长庄稼不行，长果蔬不行，农民的日常花销，比如油盐酱醋，比如针头线脑，比如买种子买农药、盖房、给儿子娶媳妇、送终老人，比如供孩子上学呀，一家大小生病进医院呀，除了出外打工赚钱外，如果在家里，那就得种当归。

从岷县回到定西城，我还在琢磨当归这个词，这么好的词怎么就用在一种药材上呢？查《药学辞典》，上边说：当归因能调气养血，使气血各有所归。《本草纲目》中说：为女人要药，有思夫之意，故有当归之名。《三国志·姜维传》里也有这样的故事，说姜维从诸葛亮后，与母分离，其母思儿心切，去信就写了两字：当归。如今，当归仍是苦东西，却让定西农民得到了甜头，当归，当归，真成了农家宽裕的归处。

说到盐的事，是我们在漳县才知道的。

那一天的太阳非常好，路过一个镇子，汽车出了毛病，司机停了车修理，我突然看见路边有一座庙，结构简陋，但庙台阶很高，一个老汉就坐在台阶上吃烟，见我走近，烟锅嘴儿在胳肢窝戳着擦了擦，递着说：吃呀不？我吃不了旱烟，倒递给他一根纸烟。他说：你那烟没劲咯。却接了，别在耳朵上。我问：这是娘娘庙还是龙王庙？他说：盐神庙。还有盐神庙呀，盐神是个什么样子？就进庙去看，庙里却并没有神像，竟当殿一个古盐井，旁边墙上画着熬盐的画，还有一篇祭文。

祭文是这样写的：漳有盐井，郡邑赖之。宝井汲玉，便民裕国。脉长卤浓，涌溢千年。今当疏浚，保其成功。盐井生民，感念神灵。

看来，这庙不应是盐神庙，是盐井庙，而且是先有盐井，后在盐井上盖的庙。我趴下看盐井，井壁已卤化如石，敲之像是敲磬，里边什么也看不清，只是幽幽地泛着光亮。

不看到这盐井，似乎就没想起过盐，因为每顿吃饭都放盐，盐是生活必需品，反倒疏忽它的重要性了，这如不停地呼吸，却并不觉得呼吸一样啊。我们便决定在镇子多待些日子，听听这里关于盐的故事。

这个镇子叫盐井镇，镇上人说：除了古老的两口盐井，即使是别的井，井水打出来做饭，也是从不再调盐的，如果把萝卜埋入水中一个月取出，切丝儿便是咸菜。这里的女人牙白，不用牙膏刷牙牙也白，而老年人没有老年斑。

有一种盐是盐锅底裂缝时渗出的盐汁滴在火上成盐晶，盐晶一层层叠摞成人形的，叫盐娃娃，盐娃娃对腹胀胃病有神奇疗效，所以镇上患胃癌的人极少。

我在面馆里见到一个老人，有八十岁吧，他正吃一碗捞面，面前放着一碟盐，夹一筷子面就在盐碟上蘸一下。我目瞪口呆，说这样多吃盐不好，他说他一辈子都这样呀，血压正常，身板刚强。记得有一年在青藏高原，碰着一个藏族老太太，身体非常健康，她说她九十岁了，从没吃过蔬菜，就是吃牛羊肉，吃青稞面，喝奶喝茶喝酒。一方水土真是养一方人啊！我们老家人爱吃辣子，特能吃者人称辣子虫，这老者是不是盐虫呢，可盐里从来又不生虫呀。

翻阅镇上的志书，盐井镇在远古时是陶罐瓦缶煮水制盐，先秦一直到一九八〇年是以铁锅熬盐，一九八〇年到一九九〇年之间是平板锅熬盐，从一九九〇年起，才是真空蒸发罐制盐。旧法烧熬的盐，上品为火盐，火盐是将煮出的盐倒入模具以火焙干，状如砖块，用于远销。中品为结盐，不经火焙，水分较多，状若银锭，销于近处。下品为水盐，是熬出后直接盛在盆里罐里，供当地人吃。志书里有一篇描写当年盐井镇繁华的文字，说镇里六条街道从半山通向漳河边，五大专业市场又从河滩伸进街坊：柴草市吞吐大量燃料，人市流动各类能工巧匠，旅店迎送商贾贩卒，商市进出日杂食品，盐市批发各作坊盐品。豫西的货担、晋北的驼队、陕南的马帮，带来了兰州的水烟、靖远的瓷器、关中的土布、湖北的砖茶。晚上，井台上水车隆隆，灯火灼灼，作坊里炉火熊熊，烟气腾腾。街巷驼铃声、马蹄声、叫卖声、弹唱声，不绝于耳。围绕盐业，五行八作相继兴起，三教九流大显身手，行医、教武、说书、卖唱、求神问卦、开设赌场……

哦，镇上人还给我说了盐坊里的绞手、抬手、烧手和装烟客的事。绞手是在井房里的汲水工，抬手是把盐水抬到各个灶上的送水工，烧手是盐锅的烧水工。而装烟客呢，是以给人点烟为业，手执四尺长的烟锅子整天在各作坊转悠，盐匠们操作在水汽浓重的锅边，双手不得半会儿闲，想过烟瘾了，使一个眼色，装烟客就把烟嘴儿伸进盐匠的唇间，那头随即引燃烟锅。事毕，盐匠顺手抄一搅板水盐抛进装烟客的提篮，装烟客立马便跑到街上卖了零钱了。

说这话的是一个年轻人，说得眉飞色舞，还正说着，远处有人喊：老三老三，事办得咋样嘛？年轻人就跑过去说话，旁边的几个妇女说：他能说吧？我说：能说。她们说：他爷当年就是装烟客哈。我问那年轻人现在是干啥的，她们说：啃街道的。什么叫啃街道的呢？她们才告诉我，在当地把围绕街市小打小闹讨生活的人称为"啃街道的"，这老三继承了他爷的秉性，但现在没有装烟客这活了，他就给人要账为生。

盐井镇的盐数百年都有一个名字叫"漳贵宝"，肯定是庄户人家起的，起得像个人名。如今的真空盐厂是现代化企业，年产量胜过了过去百年，产品叫"堆银"，这好像是哪个文化人给起的名，但"堆银"没"漳贵宝"有意思。

定西的房子讲究"两檐水"。两檐水用的是五桥四椽，有的还出檐，在堂屋外形成一条走廊。屋顶一律座脊复瓦，但很少雕饰。胯墙与背墙多用土坯砌起，而前墙和隔墙则以木板装成。堂屋正门一般是四扇的"股子门"，也有两扇"一片玉"的。窗户有"大方窗"、"虎张口"、"三挂镜"、"子母窗"等，贴窗花的少见，五月端午围插的艾却不动，一直要到来年的五月端午。不管新庄子还是老庄子，人家的院子都非常大，院墙都非常高，院墙里长出一些树来，或栽着蔷薇和牡丹，高大成架，透露着院子里的消息。

定西的房子谈不上豪华和阔气，但也绝不简陋，受条件所限，用料却难贵重，做工一定细致，光瞧瞧屋后墙砖缝里抹的灰浆的严实和山墙根炕洞口砖楞的工整，以及档口板的合茬，就能体会到他们造屋的认真和用心。

农民的一生，最要紧的工作就是盖房子，如果某一家已经有一院房子，它就给子孙留下了一份光荣，作为子孙在长大成人后仍要再盖一院房子，显示自己活着的意义，再传给他们的后代。土木结构的房子，当然只能使用四十年，而也提供了一辈一辈人锲而不舍盖房子的必要性和重要性，这个过程也就是光前裕后。

一家一户的兴旺发达，靠的是子孙繁衍，也靠的是不断地翻修建造房子。在福建的一个山村，我见过一棵榕树发展成了一庄子小树林的景观，而在漳县，常有着一个村庄只有一个姓氏的情况，使我由此有了一个姑娘可能就创造了一个民族的想象。在离定西不远的一个镇子上有一户人家，兄弟四人，其子女九个，孙子辈有十六个，其三辈人中有十二人参军，分别有空军海军陆军，兄弟四人的父亲还活着，已经四世同堂，大重孙也结了婚，很快五世同堂，村里人便称这老者是"兵种"。老"兵种"人丁旺盛，而他家的老房子也异常的结实，也是我在定西见到的最好的房子，五间式结构，一砖到顶，屋脊虽多残破，仍可看到许多精美的水纹、花纹和人物走兽的雕饰。他家还养着一只猫，按说猫的寿命也就是十二年，他家的猫竟到他家已经二十年，现在仍能逮鼠。

但我也听到这样一个故事，一个人，姓李，结婚后小两口盖了一厅两室的三间式房子，房子盖后一年，老婆就病死了，他没有再娶，而抱养了一个孩子。在他五十四岁的时候，中了风，虽生活能自理，但从此干不了农活，儿子对他不孝，逢人就说他养了个狼在家，他将来要死了，绝不会将这房子留给逆子。儿子在屋里待不住，就出外打工了，逢年过节也不回来。有一年一个老中医在村里行医，见他日子难过，留给他个治烧伤的偏方，他就在家自制膏药，还在门口挂了个专治烧伤的牌子。第三年腊月的一个晚上，他家起了火，等村人赶去救火，房子已经烧坍了，灰堆刨出他，人也焦了，焦成了一疙瘩。事后，村人都在议论，有说是电褥子出了毛病引起火灾的，有说是他吃烟引起火灾的，有说他是不想活了把房子点着烧死自己的。当然这事没有证据也没人追究，就草草把他埋了，只是遗憾那房子还好，说没了就没了，也绝了那烧伤的偏方。

在乡下看屋舍，我现在最害怕看到两种情况，一是老传统的房子拆了，盖那种水泥预制板的四方块，似乎现在时兴了，要和城里人一样了，但冬不保暖，夏不防晒，更是因建墙没有钢筋，地震时一摇，四壁散开，整个屋顶的水泥板就平平整整压下来，连老鼠都砸死了。二是主要公路沿途的村子，地方政府要形象要政绩，要求朝着公路的墙一律搪上白灰，甚是鲜亮，可侧墙或村子里边的房墙仍是破败灰黑。

所幸的是在定西，这样的景象还没有看到。

西安的古董市场上，这些年兴石刻，最抢手的石刻是那些拴马桩、牛槽、磨扇和碾盘。在几乎所有的花园小区里，开发商要有文化，都喜欢这些东西去点缀环境，我每每去这些小区观赏，观赏完了，却又感叹，农耕文明在我们这一代人手中逐渐要消亡了，感情就非常复杂。定西虽然也在以破坏旧有的生活方式在变化着，但变化的程度还不至于那么猛烈，农家仍是养牛、养驴，磨子碾子更是村村都有。他们依然讲究着村子的风水，当得知那些城里来的文物贩子谋算着村口的大石狮，就组织人手，日夜巡查，严加提防，村里的那些大树，也绝不允许砍伐，也通知各家各户，即便是门前屋后甚或自家院子里的老树，也一律禁止出售给城里来的树贩子，给多少钱也不准卖。

在一个黄昏，我们的车经过一个小村，停下来到一户人家去讨水喝，巷道里传来一阵喤喤喤的响声，这响声我在小时候的老家听过，便见两头毛驴走了过来，脖子上挂着铃铛，我立即大呼小叫，喊着我的朋友和司机：快来看呀，快来看呀！但朋友和司机跑近来，两头毛驴却走过巷道不见了。而在巷道那个拐弯处，有一个磨台，一个老汉正坐在磨台上"专"磨扇。司机是从小在西安城里长大的，他说：这做啥的？我说：专磨子哩。他说：啥是专磨子？我说你咋啥都不懂，磨子磨得槽纹浅了，需要重新凿凿，这种活儿就叫"专"。于是，我近去和那老汉套近乎。

啊叔，专磨子哩？

啊哈。

村里还有几个磨子？

七个磨子一个碾子哈。

这个磨子这么大呀？

村口的才大。

村口的磨子才大？

风水哈。

啥个风水？

村东口的碾子是青龙，村西口的磨子是白虎哈。

磨台下放着他的工具筐，里边是小镑锤、锲子、钢钎、手锤、錾头。他说，"专"磨子是小活，他主要是做平轮水磨、立轮水磨、人力磨、碌碡、碾磙子碾盘、做豆腐的拐磨、立房用的柱顶石、打胡基用的圆杵子、打墙用的尖杵子，还有门墩、捣辣子的石窝、安大门的槛基石。

最后，我问他这村里有几个像他这样的石匠？他说方圆这六个村子里，就只有他和他儿子了，儿子年初也不干了，去天水一家公司给人家当保安了。

小吴见我爱在村镇里乱钻，碰着什么都觉得稀罕，他说：我带你去看草房子！草房子有什么看的？他说：是一个村子都是草房子！在陕西，我到过一个叫陈炉的镇子，镇子里的屋墙呀、院子呀、街道呀都是废陶钵和陶瓷垒的砌的，太阳一照，到处发亮，呐喊一声，整个镇子都嗡嗡作响。也到过洛南县一个山寨看那里的石板，石板薄得只有一指厚，却大到如柜盖如桌面，所有的房子以石板作瓦，晴天里，屋里处处透光，下雨天却一滴不漏。现在，定西还有一个村子的草房子，那又是什么景象呢？我说：是吗，那去看看。

　　因为要去的村子远，当晚没有回县城，就住在镇上。镇长说：城里人讲卫生，给你安排到工作干部家住吧。我住的是个县法院审判员的家，审判员是一礼拜才从县城回来一次。去了后果然人也体面，屋也整洁，他媳妇拿了床新被子在公公的土炕上铺了个被筒，自己就进了她的小屋把门关了。土炕上，我的被筒是新的，那老头的被子却是土布，或许还干净，颜色却像土布袋一样。老头话不多，我们总说不投机，我就打哈欠。他说：你困了，早点睡哈。我睡下了，他拉灭了电线绳，我只说他也睡下了，他却靠在炕的背墙上吃烟。可能是为了省电，也可能是省火柴，他点着了煤油灯，一锅烟吃完了，又装上一锅凑在灯芯上吸，灯芯如豆，他一吸，光影就在墙上晃动。我翻了个身，他说：我影响你啦？我说：没事，你吃你的。他说：就好这一口，瞎毛病哈，吃完这锅就睡。我终不知道我是在什么时候睡着的，等到再醒过来，天麻麻亮，老头竟又在炕那头，靠在背墙上吃烟，还不仅仅是吃烟，小煤油灯边放了个小电丝炉，小电丝炉上坐了个小瓷缸在煮什么。我翻身坐起来，他说：又影响你啦？我说：你煮的啥？他说：熬口茶。他真的是在熬茶，茶叶是发黑的花茶，泡得涨出了小瓷缸，但还在咕嘟嘟响。我说：要熬干啦？他端起小瓷缸往一个盅子里倒，说：还没吊线。把盅子里的茶水又倒进小瓷缸，继续熬，整得最后仅仅只倒出了一盅。他说：你喝吧。我不想喝，也不敢喝，这哪里还是茶水呀，是黑乎乎的汤么。他告诉我，他们这儿上了年纪的人都喝这茶，喝上瘾了，睁开眼坐在炕上就得熬。他端起盅子喝的时候，并不是品，而是一下子倒进口，眼闭上了，脸缩得很小，满是皱纹，像个发蔫的茄子。他说：不喝这一下，头疼哈。

吃过早饭，我们往草房子村去，在沟道里开了半天车后开始翻一座山，山路就像拧螺丝，一圈一圈往上盘，到山顶了又松螺丝一样下山，而且路越来越窄，里边高，外边低。我一直叮咛小心石头，如果碰上路面石头，车一跳，滚下去连尸首都寻不到了。终于到了沟底，转了三个弯，就出现一个村子，村子果然都是草房。车还在山顶的时候天是阴了的，沟底里显得更暗，一出车那个冷呀，身子就如同囊包被无数的针扎着，哧哧地往外漏气。可能是别的树都冻得长不了，这里只长紫杉，紫杉竟然是合群的，要长就整整齐齐长在山根，然后一排一排沿着坡坎再长上去，绝没有单个的，树干也不歪七扭八。村子并不紧凑，房屋建筑无序，没有巷道，门窗有朝东开的，有朝南开的，其间的空地上都有篱笆，篱笆好像已弃用，好像还在用着，杂乱的木桩木棍歪在那里。地很湿，也很滑，到处是乱石和杂草，中间尽是牛粪，我们跳跃着走过去，还是每人的鞋上都踩上了。草房都不大，有三间的，有两间的，有的甚至是方形。所有的墙没有墙皮，还是木板夹起的石渣土杵的，屋顶用树枝编了，涂上泥巴，上边苫着厚厚的茅草，茅草已经发黑，但还平整。瞧着一户人家走近去，才说：有人吗？门前的木桩上拴着一只狗，狗就回答了：汪汪汪。狗也适应着冷天气，毛非常长，于是望见旁边坡上散落着的那些牦牛，想：牦牛以前肯定也是牛，为了御寒而长了毛，就成了牦牛了。进了屋，屋里和屋外一样冷，分外间和里间，外间放着一个大柜，柜边堆着十几个麻袋，用草帘盖着，用手去揣揣，似乎是苞谷、青稞和土豆什么的。

里间是一面大炕，炕边一个火炉，炉上一个锅正做饭。我赶紧在火炉上烤手，顺便揭开锅盖，里边蒸着一锅土豆，还没有熟。两个小女孩长得非常俊，高鼻梁，大眼睛，衣着单薄，看样子不觉得冷。我们一进屋她们就鸟一样飞出去，过一会儿又悄无声地趴在门框朝里看我们，我们再一招手，又忽地跑开了，似乎这个家是我们的家。老太太一头白发，白得很干净，和我们说话，说她姓白，七十五岁了，儿子儿媳到新疆收棉花去了，她在家里经管两个孙女，孙女不听话。说着就冲着门外喊：给炕里添些火去，唉，添火去哈！便见两个孩子提了一笼干牛粪往屋的山墙那儿跑。山墙那儿是炕洞口。在蒙藏地区是烧干牛粪的，这儿也烧干牛粪，使我觉得好奇，跑近去看她们怎么烧，一个小女孩就附在另一个小女孩耳边说什么，两个人咯咯咯地笑起来。我说：笑啥哩？她们说：笑你哩。我说：笑我啥哩？她们说：笑你那么老了还是学生。我说：怎么就看我是学生？她们说：你口袋里插着笔。我说：认识这是笔？小一点的女孩说：我是学生。大一点的女孩说：我是学生，她不是学生。我问她：你上几年级？她说：一年级。我问：学校在哪儿？她说：从沟里往下走，走七里路就到了。我说：七里路？谁陪你？小一点的女孩立即说：我陪哩。我摸着两个孩子的头，再没有说话，我的上衣口袋里插着的仅仅是支签字笔，拔下来就给了她们，她们却争夺起来，我赶紧喊我的朋友，让他把他的笔也拿过来。这期间，狗在不停地叫，但有气无力。

这可能是我们这次行走见到的最贫困的山民，住在这里，他们与外边隔绝了，虽然距县城也只是一百七八十里吧，世界发生了什么，中国发生了什么，甚至县城里发生了什么，他们都不理会，一切与他们似乎没关系。如果没有小吴带领，我们恐怕也不知道他们能在这里生活，就这样生活着。

原以为有个草房子村可以看到奇特的景象，没想来了以后使自己的心情极度败坏。我问小吴：这是什么村？小吴说：村名不知道，因为有草房子就都叫草房子村。再问：这山是什么山？小吴说：遮阳山。我说：山名不好。小吴见我脾气糟糕了，解释说：这地方偏僻，你如果让政府接待，谁也不肯带你来的，以前北京来了几个画家，让我带了来，画家见了这草房很兴奋，见了这里的人很兴奋，拍了好多照片呢。我说：画家爱画破房子，给他个破房子他住不住？画家爱画丑人，给他个丑女人他娶不娶？

这一夜，我们回到了县城宾馆，打开电视，多是城市红男绿女在做娱乐节目，我的思绪又到了草房子村，就把电视关了，早早睡觉，却怎么也睡不着。

过道里，突然有了咋唬声，是小吴在和什么人说话：

啊王主任！

啊你怎么在这儿，几时来的？

来几天了，陪人下来的。

哪个领导来了？

是……

啊，他来了！县委县政府领导知道了吗？

他不让打招呼，悄悄来的，你可不要给人说呀！

今去哪儿了？

到遮阳山有草房子的那个村子，哎，你知道那村子叫什么名字？

你怎么领他去那儿？得让他看看咱们的好地方呀！

他不是记者。

到了渭源县，当然去看看渭河源头了。

顺着一条沟往里走，沟两边的山越来越高，满是蒿、艾、蕨、荆，全部枯萎，发着黑色，像石头上经年的苔。沟里的河水不大，河滩却宽，隔几里一个村子，粗高的杨树不少，其间是横七竖八的房子和麦草垛，也是黑色。有人吆着牛犁地，牛是黑的，只有鼻脸洼白，翻出的土似乎也不是了黄土，是黑土。扶犁的人穿着臃臃肿肿的黑棉裤棉袄，脸上眉目不分，而站在地头的妇女头上裹着红头巾，尖锥锥地叫喊着她的儿子。

还在深入，沟就窄起来，路已被逼到了沟梁上，到处有了沙棘树，一树的尖刺里结着红果，还有一种蒿，仅仅生出个籽荚，籽荚也是箭头一样，走过去，乱箭就射满裤子。再是不断地看见很粗很糙的杨树，从根就开始长须枝，而且还被藤蔓纠缠，虽然都干枯了，隆起成架，树就不成了树，是一座一座的木塔。到了迎面是最高的那个峰了，沟分成三股，荒草荆棘更塞壅其间，时隐时现着水流的亮光。已经无法前行了，去问不远处的一个人，这人手里提着一把砍刀，好像是要砍些柴火，并没见砍下什么荆棘树枝，一直站着默默地看我们，以为是傻子，一问他话，他却立即活泛了。

问：渭河源头在哪儿？

答：这就是哈。

问：这就是？渭河就生在这儿？

答：是三眼泉，泉还得往里走，但走不进去。

是走不进去。没想那人却说：走不进去，就到龙王庙拜拜哈。我们这才发现半山腰有座庙，那人就领我们爬上去。庙前的场子上尽是荒草，荒草旋着窝倒伏着，像是风的大脚才踏过。庙里没有龙王像，但有香炉，也有个功德箱。那人给我们讲三眼泉，一个叫遗鞭泉，一个叫禹仰泉，一个叫吐云泉。因为冷，就尿多，我跑到庙后的僻背处方便，回来他已讲了禹仰泉，便只听到了遗鞭泉和吐云泉的传说。

当年唐李世民率军西征，到了山沟最里边的泉里饮水时，不小心将马鞭遗落泉中，再捞马鞭已没了踪影。班师回朝到长安，发现马鞭在渭河里漂着，才知晓渭河除了明流还有暗流。这个泉从此叫遗鞭泉。

吐云泉在三条沟中间的沟里，天一旱，山下的人都来泉里求雨。有一年求雨的人散去，一个叫花子来偷喝了供酒，醉在泉边的草丛里，突然见泉里钻出一个白胡子老人，坐在石头上吃烟。吐一口烟，天上有一片云，再吐再有，一时浓云密布，大雨滂沱。

听完了故事，我们要走，那人却说：不给龙王烧烧香吗？问哪儿有香，他从功德箱后竟取出了一把香，说一把香十元。烧完了香，才明白那人是看庙的。

现在，我该说说定西的吃食了。

在别的人眼里，起码我同车的朋友、司机，都不觉得定西的饭好，他们抱怨走到各县各村，上顿是酸面，下顿是酸面，顿顿都有蒸土豆和咸白菜。但我爱吃定西的饭。

每到一处，问吃什么饭，我都是：酸面吧，炝些葱花，辣子旺些，蒸盘土豆。吃的时候狼吞虎咽，满头大汗。朋友就讥笑我：唉，凤凰之所以高贵，非晨露不饮，非练实不食，你贱命啊！我是贱命，在陕南山村生活了十九年后进的西安城，小时候稀汤寡水的饭菜吃惯了，从此胃有记忆，蓄存了感情嘛。酸面其实和我老家的浆水糊涂面差不多，都有浆水菜，都煮土豆片或豆腐条，都不用味精和酱油，只不过酸面的面条多是苦荞面做的，而土豆比我老家的土豆更干更面。

　　第一顿的定西饭就是酸面和蒸土豆了，以我的经验，当然先吃酸面，吃过两碗了才去吃土豆的，没想到拳大的一个土豆掰开来，里边竟干面如沙，如吃栗子。我是一手拿着让嘴吃，一手就在下边接着掉下来的碎散渣，然后就噎得脖子伸直，必须要喝汤喝水。土豆是定西的主要食物，又如此好吃，这是有原因的：一是这里的日照时间长，缺水，自然环境决定了它的质量；二是这更是上天的安排，按说，定西压根儿就不宜于人类生存，而既然人生存在了这里，它必须要给人提供食物。在中国，有两样食物可以当作神物的，一是红薯，一是土豆。如果没有这两样食物，中国人在上世纪六七十年代即可死去一半。在定西，大多的地只能种土豆，当收获的时候，一面坡一面坡的土豆刨出来堆在地头，它和土地一个颜色，人们挑担背篓地把它运回来，你感觉那是把土疙瘩运回去了。在我们走过的村庄里，家家都有地窖，储藏着几千斤甚或上万斤土豆，一年四季吃土豆，有的家庭竟然一天三顿纯吃土豆。家里有老人过世的，还未三年，他们每顿饭都要给灵牌前献饭，献的就是土豆。而曾经去过一家，中堂的柜上献的竟是生土豆，问怎么献的是生土豆。他们说家里老人已过世三年了，已不给先人献饭，这是敬神哩。他们把土豆当作了神，给神上香磕头的供奉。

第一次见小吴，请他为我们做向导，他在挎包里装了牙刷牙膏，装了纸烟和打火机就跟着我们走了。走出了院门，已经上了车，他又跑回家，我们不知道他遗忘拿什么东西了，再返回车上，他的挎包里鼓鼓囊囊，翻开一看，竟然是六七个土豆。他说定西人出门，习惯要带些土豆的，万一走到什么地方，前不着村后不着店，就可以就地烧土豆吃了。虽然我们在外，并没有在野地里烧土豆，却亲眼见到有烧土豆的。那是在一个下午，车驶过一个梁凹，见几个孩子狼一样从路上往地里的一个埂上跑，到了埂前就刨一个土堆，竟然刨出了土豆，红口白牙地吃起来。我们觉得好奇，停了车跑近去，原来他们一个半小时前要到梁后的镇子去买东西，就先在这里把地埂的平圾子挖开，垒成空心圆堆，留个火门，用柴烧，烧到坺子都红了，把火门里的灰掏出来，再把一块坺子堵严火门，然后在顶端开口，把口袋里的土豆放进去，再把红坺子往里放几块，一层土豆一层烧红的坺子，又再把剩余的热坺子打细盖在上面，用湿土焐上，从镇上买了东西回来，挖开土堆，土豆也就熟了。这几个孩子都是圆头圆脸，小鼻小眼，长得就像个土豆，但争着吵着吃烧成的土豆，让我觉得那么美好和可爱。

但是，我在渭源县一个村干部家，看到了墙上挂着的镜框中的一张照片，唏嘘了半天。那是摄于七十年代的照片，拍摄的是公社社员农业学大寨在梯田工地上吃午饭的场面：一条几十米长的塑料布铺在地上，上面摆的是蒸熟的土豆，两边或坐或蹲了百十多人都在吃土豆。这些人形容枯瘦，衣衫破旧，可能是摄影师当时在吆喝：都往这儿瞅，瞅镜头！所有的吃者都腮帮鼓凸，两眼圆睁。

当改革开放几十年后，中国绝大多数地区从政治上、经济上、文化上都发生了变化，江南一带以商业的繁荣已看不出城乡差别，陕北也因油田煤矿而迅速富裕，定西，生存却依然主要靠土豆，过去是土豆、酸面、咸菜吃不饱，现在是这些东西能吃饱了，有剩余的了，但如何再发展，地下没有矿产，地上高寒缺水，恐怕还得在土豆上做文章。在渭源，我参观了土豆脱毒基地中心，那里进行着关于土豆的一系列科研，土豆在质量上、产量上大幅度地提高，各届政府下大力气在生产、加工、销售上制定政策，实施举措，已经使定西土豆声名远播，全国各地的客商纷纷前来订货。我曾问过好多人：仅靠土豆能行吗？他们说：靠山吃山，靠水吃水么。一斤苹果能卖出几斤粮食的价钱，你知道今年一斤土豆能顶几斤苹果的价？我说：多少？他们奓起了四个指头，说：呀呀，四斤哈！

山梁下的河湾有一片楼房，楼层不高，也就两层或者三层，不知是什么企业的生产地还是新农村的示范点，而从山梁往河湾去的岔道口，竖了一堵新砌的墙，墙上有好多标语，其中一条是：昂首向天鱼亦龙。

车在一条川道的土路上往前跑，车后的土雾就像拖着个降落伞，车要猛一刹住，土雾又冲到了前边，前边山路就什么也看不清了。有趣的是，车在雾气狼烟地往前跑，天上的一堆云也往前跑，疑心这是云在嘲弄土气，果然，中午饭时到了一个镇子，尘埃落定，云也散了。

这个镇子是我这次出行见到的最大的镇子，五百户，两千多人口，巷道很深，而且有几条。从东边的那条巷进去，好多家院门口都有人端碗蹴着吃饭，有的人是酸面，有的是面前放着一碟盐，蘸着吃土豆，见了我们，都笑笑的，欠起身，说：吃哈？那棵已枯了半边的柳树下，走来一个老汉和一个小伙，老汉扛着锨，小伙穿着西服，手里握了个手机，可能是父子，可能小伙从西安或兰州打工回来不久，两人说着什么话，老汉就躁了，骂道：你们老板一年赚二百万？你放屁呀，咋能赚二百万？小伙还要犟嘴，抬头瞧见我们经过，没再言语。

寻着了村长，村长是个黑脸大汉，正朝一户院门里的人怒吼，指责猪屙在门口路上这么几堆，也不清扫，是长着眼睛出气哩看不见，还是手上脚上生了连疮拾掇不了？院门里立即跑出个拿了锨和笤帚的妇女。他好像还气着，拿眼往巷头看，巷头一只狗碎步往这跑，突然停住，掉头又跑回去了。小吴认识村长，把我们做了介绍，他把我们从头到脚注视了一番，很快脸上就活泛了，说：噢噢，先吃呀还是先转哈？我说：我们四个人的，你锅里饭够吃吗？他一挥手，说：那先转！扭头给清理猪屎的妇女说：去，给你嫂子说去，擀面，擀四个人的面！

这村长其实是个蛮热情的人，他领我们出这家进那家，说他们村很有名哩，来过好多记者，报纸上写过大半版的表扬文章。表扬也好，不表扬也好，日子是给自己过的，他这个村长把村子弄成个富裕村就行了。现在村子里有两项指标是全县最高的，一是学生多，几乎一半人家出过大学生，毕业了都在兰州、天水和县上工作；二是搞翻砂的人多，东头三家，西头四家，北头两家，南头还有五六家，主要是造锅，造火盆，最大的锅能做二百人的饭。

村长说的属实情。顺便问过七八户人家，都有孩子大学毕业后在城里干事，一个老太拍着罩在棉袄上的新衫子说：这是今年娃给买的衣服哈，我说买啥呀，农村里穿啥还不是一样哈，可娃偏要买，给我买了衫子，给老汉买了条裤子！院子里在火盆上生火的老汉果真穿了件西式裤，说：这裤子不好，只能单面穿。而去了几个翻砂户，院子里都是大大小小的锅坯，大棚里都是销铜炉，有砸炭末的石臼窝子，有烧炉时六七人才能拉得动的大风箱。但神龛里所敬的神不一样，有敬的是雪火神，有敬的是土地神，有的棚墙上贴着毛主席像。好奇了那一垒一垒铸造好了的各类锅，问一个能卖多少钱，他们好像都忌讳什么，不回答，只拿指头叩着锅，说：你瞧哈，没一个砂眼！小吴拉我到旁边，低声说：他们各家都竞争哩，有的把价压得低，怕别的人家有意见，就口里没实话。

后来在村长家吃饭，当然除了酸面外仍是蒸土豆，吃得坐在那里一时都不得起来。村长家的院子更大，他既种药材又搞翻砂，台阶上堆了几大堆挖出的当归和黄芪，而翻砂的工人就雇了四五个，一个在清理销铜锅，两个在修整着锅坯，一个在那儿砸炭末，一个在把炭末水往晾干的锅坯上涂，无论我们吃饭或者说话，他们全不理会，安静地干自己的活。因为又吃好了，我的情绪很高，就夸说着村长你是不是村里最富的，村长哈哈大笑，说：打铁就得自己硬呀，当村长的都不富还怎样带动别人？他高兴了，就喊叫着老婆从屋里取个铜火盆要送我，我说：啊谢谢，可我不烤火，要火盆没用。他说：这火盆不是烤火的，我们这儿兴家里摆个火盆就是好光景哈！这火盆特大，铜铸的，纹饰精美，灿灿发光，确实是件象征富贵的好东西，但我怎么能要呢，我没要。

我们站在院子里的太阳下照相，村长和我照了，还要他老婆也和我照，他老婆刚才还在院子里收拾碗筷，却半天不知人在哪儿了。村长又喊了几声，老婆从屋里出来了，她换了身新衣服，脸上还敷了些粉，她照了三次，第一次说她眼睛可能闭了，第二次说她没站好，第三次照完了，说：我不上相哈！

经过一地，看见两座山长得一模一样，隔着一条小沟，相向而坐，山头上又都隐隐约约有着红墙和琉璃瓦的翘檐。

问路人这山上是什么庙，回答左边是观，住着一老道，右边是寺，住着一老尼。想上去看看，但上山的路却都在后边，就进沟往里走。

沟很窄，光线幽暗，怀疑两山是硬被推开的。山壁上，沟里的石头连同石头与石头之间长出的树都生了苔藓，苔藓是黑的，白的，也有铁锈色。有一种鸟，不知道站在哪里，清脆地叫：嘀哩嘀哩。小吴说那是嘀哩鸟，就会自己呼自己名字。脚底下湿汪汪的，司机趔趄一下，我说：小心滑倒！还未说完，我先滑倒了，才发现路上也全是苔藓，很小很小米粒一般的苔藓。

进去约一里，竟是一平阔地，两山连接为一体，形成环状，整个沟谷变为一个宫。宫里生长着各种草木，都不高，却千姿百态，能想象若是春天和夏天，这里将是何等的欣欣向荣，万象盎然。

原本进来是要去寺观的，仰头看两边的山头，寺观都修在峰尖崖沿，路如绳索直垂下来，一时倒没了攀登的欲望，我们就只在宫里待着。

直待了近两个小时吧，朋友说：都快成婴儿啦！大家笑笑，才顺原路返回。

一棵两个人才能搂得住的柳树就在村口，这个村里在杀一头驴。

其实，杀驴杀的是驴的鞭。

那头公驴被拉出了棚，它并不知道物将要死，见院子里突然有了许多人，说说笑笑地热闹，还高兴地喊了一下。它的喊是在打招呼，竟把一个小丫头吓得后退了几步，它也就笑了，嘴唇掀开来，龇着大牙。

这时候，从隔壁院子里也拉来了一条母驴，母驴是个俊驴，细长眼，大肥臀，嘴里还一直嘟囔着什么，似乎不愿意，被拉着绕公驴转了一圈，又转了一圈，臀上的肉就哆儿哆儿地颤。

公驴在那时不掀嘴唇笑了，整个身子激灵地抖了一下，耳朵就耸起来，鼻孔里呼呼喷气。它要往母驴近前扑，但被人紧紧地拉着，扑不过去，肚子下的鞭忽地出来了，戳着如棍。

一个人从堂屋里出来，好像才喝了酒，脖子梗着，还能看到那暴起的血管，在嚷：都闪开，闪开！一手在身前，一手在身后，在身后的手里握着一个竿子，竿头上安了月形的铲刀，太阳照在铲刀上，溅着一片子光。看热闹的人当然就闪开了，一些年轻的女子转身往院门口跑，偏被几个小伙拦住，说：嗨，跑啥咯？女子说：杀了你！握铲刀的人已经走到了公驴的身后，他全神贯注，十分地庄严，院子里就立即也安静了，只听到公驴还在喷气，喷出的气像一团一团的烟。公驴不停地动，握铲刀的人也在动，动着碎步，突然，一条腿在地上蹬住了，一条腿一个跨步，嗨的一声，铲刀冲出去又收回来，他就站住不动了。这一连串的动作太快，人们还没看清是怎么回事，地上已经有了一根肉棍，肉棍在蹦跶着。

公驴这时候才叫起来，叫声惨烈。拉公驴的是两个人，一个人丢了手就去捡肉棍，捡了两回，两回都从手里蹦脱了。

定西的许多村子不叫村，叫庄，也有叫堡的。叫堡的都是在村子不远处，或山上或半坡里，有个小小的城堡。这些城堡差不多修筑于清末民初，土夯墙，又高又厚，有堡门，堡子里还常有小庙。那时期，一旦军阀混战的散兵路过，或是有了土匪强盗，钟声一响，村子里的人就往堡子里搬，并选出堡头，组织自卫，时间有两天三天的，也有三月半年的。现在，这些堡子还在，但却废了，我们去看过几个，要么堡子里什么都没有了，只留着小庙，要么小庙也坍塌了，只有几棵松柏。

在看完五个堡子的那个下午，我有些感冒，住在一户人家的热炕上发汗，那炕非常热，坐一会儿就得侧侧身子，人越发四肢无力。原计划要去北边的裴家堡的，这家主人是个教师，说他家有本县上编的文史册子，上面有一篇写裴家堡故事的，看看就不用去了。我让把册子拿来看，没想到那篇纪实文章让我读得胆战心惊，感冒更加严重，竟在这户人家住了一夜。

这篇文章是汪玉平、裴小鹏写的，我在此有删减地抄录如下：

民国十九年农历五月初二，马廷贤部在冯玉祥部的追剿下西进。二百多人经过裴家庄时，怕遭到村民的伏击，还向堡子方向喊：不要开枪，我们是过路的。当时正值农忙，村民都在地里忙活，堡子里只是些老人和孩子，敌前锋部队顺利通过裴家庄。不久，敌后续部队六七十人在一个姓杨的营长带领下到达裴家庄，却冲进堡子抢了一些枪、面粉和油就下了山，对堡子里的老人和孩子并未伤害。

在堡子附近山坡地里干活的村民，看到敌马队出了堡子就大喊：土匪抢走东西了……堡头裴忆存和裴怀仁，还有一些村民赶快跑回堡子。此时敌人下山后正向西行进，裴忆存和裴怀仁迅速把西南的一门狗娃儿（土炮）装上弹药，朝着敌马队开了一炮。炮声一响，敌马队中一人从马上栽了下来，惊慌失措的敌人把落马者抬上马背，急忙向西驰去。

正西进的马廷贤得知他的部下被打死，立即召集开会，会上有人主张攻打堡子，有人主张继续西进，而死的就是杨营长，杨营长的女人又哭又闹要给丈夫报仇，部队就折过头来攻打堡子。

堡子里的人一见，把魁星楼前的大钟敲得震天响，在村子和地里干活的村民听见钟声相继都跑回堡子。在堡头的组织下，村民们赶快用口袋装上土，把堡门牢牢地堵住，堡墙上的五门狗娃儿炮和一些没被抢走的火枪，都备足了弹药、长矛、大刀和平时干活的工具，此时都成了护堡的战斗武器。

从堡子里看到敌人在做晚饭，估计晚饭后敌人就来进攻，堡头们也吩咐各家各户赶快做饭。由于村民进堡时走得忙，在村里住的人没把灶具带上来，一听说做饭，这才缺这少那，相互间借用。女人们一边带孩子，一边生火做饭，不懂事的娃娃一下子聚在一起，在院子里嬉戏打闹。

夕阳下山后，敌人开始行动，一部分仍留在村里，大部分人马沿山坡向堡子行进。在堡墙上观察的人一下子紧张起来，喊：土匪上来了，土匪上来了！一些还没吃饭的村民，放下筷碗，拿起了武器，在堡子周围严阵以待。

敌人骑着马，身上背着枪，手里拿着马刀，后面还有十几个人抬着梯子。他们来到堡门前停下，向堡子里喊话，向堡子里要面粉和油。几个堡头商议只要敌人能够退兵，这个条件可以接受。不一会儿，从各户收集来的几袋面粉和十多斤清油从堡墙上吊了下去。过了一会儿，敌人又对着堡子里的人喊：我们团长说了，你们打死了我们营长，把凶手交出来，再放下两个女人给我们做饭，不然就踏平你们堡子。

堡头和堡里的男人们当然不能把自己的女人和同胞交给敌人，断然拒绝了要求，在一阵叫骂声中，双方开了火。一时间枪声不断，炮声轰鸣。在后堡前墙上还击的裴老五被敌人击中，从堡墙上摔了下去，当时就死了。正在双方激战的时候，刚才晴朗的天空忽然电闪雷鸣，狂风席卷着尘土直冲向天空。霎时，瓢泼大雨将进攻的敌人打得晕头转向，一个个从山坡上滑了下去，撤回了村庄。

敌人撤退后，堡头把裴老五被打死的事暂时封锁，怕引起村民的慌乱，组织青壮年守在堡墙上注视着敌人的动静，妇女儿童和老年人拥挤在各自的草房里，惊恐不安地度过了一夜。第二天吃早饭时，裴老五的母亲叫老五吃饭，这才知道儿子已经死了，她没有掉一滴眼泪，亲自安排儿子的丧事。而裴俊华的爷爷向堡头提出，要带自己的一家人出堡去，堡头不同意，因为昨天下午大家在一起商量过不能分散。裴老汉再三要求，堡头们认为，既然他屁股上有疮不能守堡，留下来也帮不上忙，就把他一家八口人从墙上用绳放了下去。

事后裴俊华给人讲，他爷爷当时一定要离开堡子是有原因的。在这之前，他家里来了个道士，吃了饭临走时给了他爷爷一张画的符，说不久裴家庄要发生灾难，到时就把符烧了，放在碗里吃了，然后离开村子就能避灾。所以，他爷爷的举动让堡头和村民们感到不愉快，却也保全了他们一家。

到了太阳一竿高的时候，敌人全都离开村子，并没有走昨天的路从裴家沟口进入，而是从左侧的红崖沟进入，绕到堡后的蜡山嘴，准备从背后向堡子攻击。蜡山嘴离堡子很近，站在上面居高临下，能俯视到整个堡子的情况。堡子里的村民及时调整各炮位的方向和守护人员的配备。不久，敌人的炮弹一发发落在堡里，密集的子弹不断把堡里守护的人打下堡墙。战斗持续到中午，守护人大部分或死或伤，裴忆存、裴怀仁、裴恒川及裴宝华的三叔、四叔相继战死，裴善琴的父亲冒着敌人不断射来的子弹，跪在土炮前装弹药，被子弹打穿两颊。后来在亲戚收尸时，他仍保持着装弹的姿势。

昨晚的那场雨，阻挡了敌人的进攻，也使存放在庙里的火药受了潮不能使用，枪炮逐渐失去了战斗作用。敌人从东西两侧顺着梯子爬上堡墙，被堡里尚存的守护者用大刀、长矛、铁连枷打下去，如此使十多个爬上来的敌人从堡墙上滚下山坡。此时，堡里所有能搬动的东西都用来打击敌人，连猪吃食的槽也当作武器扔了下去。敌人改变了进攻方式，爬在梯子最前边的一个都拿着盒子手枪，接近墙头时用手枪朝堡内乱射，使堡里的人不能接近堡墙。堡里已没有几个能够战斗的人了，敌人很快从堡墙爬了进来，打开堡门，见人就砍，能够爬起来的村民与敌人进行白刃战。裴麻子用马刀砍伤了好几个敌人，被大门拥进来的敌人围在当中乱刀砍死。堡头裴殿瑞的父亲被敌人绑在庙里柱子上，身上浇上油，被活活烧死。一个不到十岁的男孩，跑到堡墙上要往外跳，被追上来的敌人一马刀从屁股捅进去，摔下了墙。两个年轻人逃出堡子，一个还带着狗藏在山洞，连人带狗被打死。另一个叫裴七十一，他一直跑到离堡子一里多远的红土柯寨地，被一个追上来的敌人开膛破肚。

堡子里已看不到活人，他们就放火烧房子。庙的正殿里有存放的火药，很快正殿起了火，殿里三大菩萨像和东殿的三个神像在大火中消失。几个敌兵冲进西殿，把九天圣母的头发拉散，上衣扯到胸前，点了几次都没点着，就慌忙离开堡子。

敌人攻进堡子时，年轻力壮的村民都已战死，堡里占多一半的老人、妇女、儿童成了他们屠杀的对象。裴小鹏的二奶被一刀砍死，她倒下时身子护住儿子裴建璟，裴建璟活了下来。他的奶奶怀里抱着六岁的女儿菊娃，头上被砍了一刀，硬是护住了菊娃。裴随斗和他妈被敌人追杀，他妈为护裴随斗，胳膊被砍掉，裴随斗去救他妈，脸上挨了一刀。

现年八十六岁的裴金对当时八岁，她回忆说：初三土匪从后山打枪打炮，男人们都到后堡去了，我妈怀里抱着我，背着我哥裴老二，还有我的两个嫂子，躲到淑英奶奶放柴的庵房里。圈里有一根杠子，我妈坐在杠子中间，两个嫂子坐在两边，怀里都抱着娃娃。忽然打来一炮，坐中间的我没事。我二嫂伤在胸脯上，娃娃半个脸上的肉翻过来。我大嫂伤在小肚子上，一直叫肚子疼，当天就死了。我大和我哥都到后堡去守堡，我哥刚往墙上爬，被土匪一把抱住，扔在着了火的正殿，土匪走了他才从火里跑出来，腿被扭伤了。我大肩被打伤，活到初十就死了。裴昌生当时只有七岁，土匪没拉住，他从堡墙上跳下去，滚到山坡下沟里活了下来。裴金对从东堡墙上跳下去，土匪几枪没打上。后堡的人杀完了，房子大部分被火点着，土匪开始往外撤，有几个看到我们，向我妈要白元，我妈把头上的一支银簪子给了。有一个土匪站在堡墙上喊：女人和娃娃再不要杀了。土匪就走了。土匪走后，我们到后堡，满地都是死人，墙根下有两堆人，有的还在呻唤。死的人太多，没有棺材，大多数都被软填了。我家打开了一个柜子和门板把我的两个嫂子埋了。到初四下午，死人基本上都入了土，没有被杀死的娃娃都被别村的亲戚接走了。堡子里只有我妈领着我和我二哥两岁的儿子裴映冬。到了初十我大死了，我妈领我们离开堡子，临走时，我妈挖出了埋在院子里的一罐甜胚子，在地里埋了几天，挖出来还甜得很。

　　受裴家堡祸难的影响，几天里情绪缓不过来，司机说：瞧你这人，那是八十年前的事了，还有啥放不下的？是八十年前事，如果还有什么史料，清代的、明代的、宋代的，甚至秦代，这里战事频繁，烽烟弥漫，不管谁赢谁输，老百姓的苦难不知又是何等的惨烈，这些当然都岁月如烟如风地过去了，我想的是，定西为什么就叫定西呢？它是在中国西北，历来被称作边关，是历代历朝都希望它安定吧，它安定了，中国也就安定了。现在，在整个中国的版图上，定西可以说是安定的，安定得似乎让人忘记了它，忘记了它曾经的不安定。虽然，它也是国内没有充分开发的地区之一，这可以说还是好事，使它保持了它固有的东西，包括地理环境，包括人们的生活方式、风土人情，包括没有在过度开发中拉大的贫富差距，也包括它的落后。但是，毕竟贫穷使人凶狠，富裕使人温柔，当我们需要定西安静平稳而定西的富裕远远还滞后于全国水平的时候，整个中国还应该为定西做些什么呢？怎样才能使定西更富裕更公正更和谐美好呢？

在定西的各个县镇，凡是走到哪一户人家，你感到吃惊的是都那么喜欢字画，只要一说起字画，他们就睁大眼睛，也不再木讷，给你说起他家墙上的字画是什么人的，哪一年请回来的，村里谁家的字画最好，这个县上甚至定西城、天水城、兰州城书画家谁谁曾经来过，在谁家屋里吃过饭，还在谁家里写过字。说过了，还怕你不信，须要领着去别的人家里看字画，有日子过得滋润的，也有日子过得狼狈的，但不论是新盖的房还是已经破败的房，房里都挂着字画。我在通渭的一户人家里，看到上房的中堂上的一幅字写得并不如挂在厦子房里的字好，建议调换一下，主人说：厦子房的字好是好，可写字的那人品行差，而且还是个跛子哈。原来，他们还特讲究书画家的德行、职位和相貌的。德行高的有职位的身体端正健康的书画家作品挂在上房中堂，那要在大年初一的早晨给上香的。

这让我不禁大发感慨，目下国内字画的行情见涨，但十之八九是为升迁、为就业、为调动、为贷款、为上学给大大小小的领导送，字画成了腐败的一方面，还有十分之一二为个人收藏，收藏着随时准备倒卖。而定西人爱字画，当然少不了有行贿和倒卖的，却绝大多数是人人都爱，是真爱，买了就挂在自己家里，觉得那就是文化，就是喜庆，就是贵气和体面，能教育家人知情达理，能启发孩子们好好念书。

除了中堂上必须挂有字画外，定西人还有一点，就是讲究在中堂的柜盖正中摆放或多或少的宝卷。

我在头几天里时常听说宝卷长宝卷短的，当时还不知是什么意思，也没在意。后来在一个叫清水的村里，去一户人家，老太太招呼我们坐了，忙把屋里剥苞谷粒的筐篮挪开，把猫食碗拿到了屋外台阶上，就开始用鸡毛掸子拂柜盖，拂着拂着把柜盖正中的一沓旧书小心翼翼地拿起来，用嘴吹上边的灰尘，又小心翼翼地原样放好。我好奇地问：那是什么呀？老太太说：宝卷。便埋怨儿媳妇邋遢，屋子这么脏的，让客人咋待呀。

又说宝卷，啊宝卷原来是一些旧书！在我的经验里，"文革"期间人们要把毛主席的著作放在中堂的柜盖上的，莫非这里还依着那时的规矩？我说：宝卷？是毛主席的红宝书吗？老太太说：我不认得字。我近去看了，是有一本毛主席的书，但更多的是一些手抄本，有一些佛经，有道德经，有治家格言，有论语，有弟子规，还有劝善歌和中医偏方集锦。

我和老太太说了这样一段话：

就这些书呀？

不是书，是宝卷。

啊是宝卷，你家咋这么多宝卷？

家家都有，我家的多哈。

谁念呢？

我老汉能念。

你老汉呢？

走了哈。

走哪儿了？

嘿嘿，走了就是走了哈。

走县城了？

死了！

噢。

你们城里人听不懂哈。

噢噢，那你还一直要在这儿放宝卷？

镇宅哈。

离开的时候，我要求能和老太太照个相，老太太在头上脚上收拾起来，院子里的太阳亮灿灿的，我便在院子里放好了一只凳子。她出来了，却抱着她家的狗，狗是白狗，像一堆棉花，她说她老汉死的那年养的这狗，她总觉得这狗就是老汉变了形儿来陪她的，尤其狗转身往后看的那个样子，和她老汉生前的神气似模似样。我尊重老太太抱着狗照相，可她看见我放的条凳却一下子变了脸，说：快把凳子挪开！我说：你坐着，我站旁边。她挪开了凳子，说凳子放的地方不对，你没看见那里有块砖吗？后来我才知道，放砖的地方是有土地神的，绝对不能在那上面坐或者站。照完了相，又去了几家，几乎家家院子中间都有一块地方放着砖或放着一盆花。问了土地神是如何安放在地下边的，他们告诉说：挖一个坑，坑里埋个罐子，罐子里有五色粮食，粮食里有个石刻的或木雕的土地神像，然后封好，地面上做个标志，这土地神就护了。

离开了这个村子，我们一路还在议论着宝卷镇宅、土地神护院的事，司机就嘲笑起定西人的旧规成，说：啥年代了，还愚昧这个呀！司机是从小在西安长大的，他不了解农村。我说这不应算是愚昧，中国农村几千年来，环境恶劣，物质贫乏，再加上战乱频繁，苦难那么多而能延续下来，社会靠什么维持？仅仅是行政管理吗？金钱吗？法律吗？它更要紧的还是人伦道德、宗教信仰啊。司机说：可宝卷摆在那里，土地神埋在那里，只是个仪式么。我说：是仪式，有仪式就好呀！为什么要每天在天安门前升国旗？为什么一开大会首先要唱国歌？为什么生了小孩要过满月？为什么老人去世要七天祭祀？

　　在漳县、岷县发现村民家中的宝卷后，我们对宝卷产生了兴趣，老太太家的宝卷，以及那个村子里别的人家中的宝卷，都是一些我们知道的儒、释、道方面的经典，而定西历史上是佛道兴盛过的地方，又出过许多大儒，又是有孙思邈呀、李白呀、李贺呀许多遗迹，那么，还有没有一些我们没见过的经典古籍呢？于是，我们所到之处都要打听，就听到了一个关于宝卷的故事。

　　一九九二年七月五日，有人在遮阳山东溪寒峡的一个洞口石壁上发现了"石室"二字，不知何人何时所刻，进入洞后，在洞底又发现了一木棺，吓得没敢打开。消息传出，漳县文化馆干部赶来查看，认定"石室"二字为北宋大诗人、监察御史张舜民题刻，进洞后又证实那不是木棺，是一木箱，木箱里存放着一大批古代书籍。这些书籍经清理，为古代佛经宝卷手抄本，因受潮粘连严重，能辨认出的经名有八部：《佛说大乘道主法华真经》《法舡普渡地华结果尊经》《佛说赴命皈根还乡宝卷》《正宗佛法身出细普贤经》《正信除疑无修证自在宝卷》《叹世无为宝卷》《古佛天真考证龙华宝经》《普静如来钥匙宝卷》。

后据当地人提供线索，几经曲折，找到这批藏经的原主，原来这些经卷一是他们家历代相传保留下来的，二是民国初年从岷县一地抄录来的。一九五八年宗教改革时，他拣其中破烂的一套上交了乡政府，而把抄写工整装帧讲究的一套在后半夜藏入东溪山顶上的鸦儿洞。事后又觉得有人好像发现藏经，不久又和女儿偷偷把这些经卷转移到了溪寒峡的一个山洞里。当初，他并没注意到洞口岩壁上有"石室"二字，而这一疏忽，竟然正暗合了一句老话：石室藏经。

我们曾去漳县政协想见见这批宝卷，可惜那天是星期天，政协机关没人，未能见到。后又去拜见了一位文化馆的退休干部，从他口中得知，仅漳县在山洞里发现的宝卷就有四十余部，都是解放后，尤其是"文化大革命"中群众偷偷保藏的。有北京、天津来的专家鉴定过，确认其中九部系国内外从未见于著录及公私收藏的孤本。

再一次回到定西城，小吴说：明日请你们吃饭吧。

但还是晚上的三点，小吴就把我们全叫醒了，催促着要去饭馆。我说：你神经病呀，这时候吃什么饭？他说：早饭。我说：什么早饭？他说：牦牛汤。我说：这就是你请客？小吴说：牦牛骨头汤呀！

小吴为了表明他请我们喝牦牛汤是多么的真诚，而牦牛骨头汤又是多么美味和有营养，就讲了这是岷县最具特色的饭食。岷县与藏区接壤，其实也是汉、回、藏、羌民族杂居区，这种汤煮法特别讲究，要从下午四点开始煮，一直到第二天早上四点方能煮好哩。

受着诱惑，我们赶到了那家餐馆，真是没有想到，餐馆门口竟排上了长长的队。队列中有年轻人，更多的是老头老太太，似乎还都熟悉，互相招呼，说说笑笑。一打问，才知道这些老年人常年来喝，喝上了瘾。

但当牦牛骨头汤端上桌后，我们都喝不了，膻味太重。

小吴能请我们吃饭，有一个原因，是他知道我们该返回西安了，虽然那顿早饭并没有吃好，但还是特意找了一家酸面馆再次请了我们。就在这次饭桌上，我们在商量着怎么个返回法，是北上兰州，从兰州返回呢，还是从漳县经武山、天水然后返回。小吴说：第二条路线是正确的，顺路可以去看看贵清山。我说：贵清山是什么山？小吴说：你不知道贵清山？那可是个好地方，不但是定西名山，甘肃名山，陕西恐怕也没有哈！司机说：有华山好？小吴说：好。司机说：有太白山好？小吴说：好。司机一挥手，说：不可能！气得小吴脸都变了。我忙打圆场，说了个故事，这故事是我单位的一个作家写了一篇文章发在《西安晚报》上，其中有一句：我妈是世界上擀面最好吃的人。没想当天就有读者气得给他打电话：你妈怎么能是世界上擀面最好吃的人呢，擀面最好吃的是我妈！

我们最后还是选择了第二条路线，从定西再去漳县，从漳县到武山县的半路上，拐上了去贵清山的一条黄土梁。

梁叫香桥梁，名字很好听，但路实在太窄，还曲折不已。沿途有许多村庄，一簇树，几十间瓦房，不是卧在洼底里就是趴在半坡上。偶尔见有人骑在毛驴上，驴很小，人却高大，两脚几乎就耷拉在地上，但他表情庄重，见我们停了车给他拍照，竟不说一句话，也不笑。约莫一小时后，路两边有了小叶杨，一种叶子呈白色的杨，极其白，似乎有粉，一种叶子呈黄色，金子一样的黄。那天正好是立冬，太阳还是明亮，白的叶子和黄的叶子落在地上，车一行过，飞翻跳跃着无数的碎金碎银。再过了几十里吧，路拐入另一条梁上，能隐约看到远远的有寺院，地势也是越来越高，而梁两边的坡上没有了树，也没有石头。一片一片大小不等的田地，有的种了冬麦，是绿的，没有种冬麦的耕过了歇着，准备将来种土豆，便只是褐色，整个的坡塬犹如巨大无比的百衲衣从贵清山方向的高地直铺了过来。

到了高地，突然间眼前出现一个大河谷，天地变化，霎时觉得是驾了巨鹏从天而降，按住了云头俯瞰着人间。谷地里林木黝黑，呈片状，呈带状，顺着高高低低的峰峦向后蜿蜒，有云卧在其间，云白得像一堆堆棉花垛子。黄土高原上看惯了沟壑峁台，猛然见这片峡谷山林，真有些不知所措，以为是幻觉，是异想，异想天开。车随着路往峡谷开，连续的绕弯和打折，一搂粗的、两搂粗的紫杉擦身而过，无数垂落下来的藤蔓就覆盖了车前玻璃。我和我的朋友大呼小叫，要车停下，小吴说：不停不停，绕着谷往后山开，直接到三峰。

不知怎么在谷底里拐来拐去，也不知怎么又在盘旋而上，一切尽在恍惚里，车就到了黄土梁上。这里的黄土梁和所有的黄土梁一样，起起伏伏，能望到天边。一个大转弯后，车停在了偌大的土场上，小吴说：到山顶了！

这是山顶？我疑惑不已，山顶怎么和黄土梁连在一起，贵清山原来仅是梁塬的沟壑吗？但定西任何地方的沟壑都是土层，这里都是石质，从谷底往上看着全是奇峰林立，嵯峨险峻啊！这时候我才明白，世上有的东西是测高的，有的东西是探深的，山可以在地面上往天空长，山也可以从谷下往地面长。贵清山它是一座地面下的山。

在土场上，四周即是紫杉，一棵紧密着一棵，高大得仰头望不到顶尖，倒怀疑这个土场硬是在紫杉林中开辟出来的。土场上太阳白花花的，紫杉林里仍是苍郁，好像那里永远是夜，而黑白分界刀割一样整齐，我站在分界线上，一半的身子暖和，一半的身子寒凉。

沿着一条漫下的路往前走，其实已经走在山峰上，靠着一棵树说：拍个照吧！一低头，树后便是万丈深渊。吓得老老实实从路中间走，害怕着有风，走过了百十米吧，路断了，是一个峰和另一个峰架着的一座木桥。从木桥上想极快地跑过去，因为担心桥会塌，却腿哆嗦着只能一步一步挪。小吴喊：不要往下看，不要往下看！是不敢看了，终于过了桥，死死抓住桥头的铁索了，往下仅看了一眼，刀劈一般的直立，崖壁上直着斜着长着杉，有鸟在锐叫，有树叶无声地飘落，立时头晕，出了一身冷汗。好在是进了一道长廊，廊栏护着，这就看到了中峰。到了中峰，却思想了一个问题：在黄土梁上土那么厚，难得见树木，即使有也仅是些小叶杨、槐和榆，都不成林，出地便为灌丛，而紫杉却在峭壁悬崖上生长，长成如此大木！古书上讲，中国地势东南低而西北高，天下水聚东南，东南富庶，人多聪慧，易出俊贤，西北瘠贫高寒，人多蠢笨，但出圣人。那么，这里的紫杉就够得上是圣树了。

中峰阔大，就建有庙宇，到处是石碑，还有一些平房和菜地。有三个道姑正在吃饭，饭依然是蒸土豆，见了我们老远就说：吃呀不，锅里有哈。我没有客气，去拿了两个土豆，一边吃一边四处走动。在别的佛寺道观里，常见到一些奇奇怪怪的花木，这里没有花丛，树都长得凛然伟岸。到左边崖沿上去看，峡谷对面云腾雾罩，只有一排峰尖，如是锯齿，似乎凭空浮着，感觉是海市蜃楼的景象，或者是画上去的。到右边崖沿去，那里的峡谷更深，云雾填满，丢一块石头下去，半天才听到咕咚声。走过来的道姑说：早上还打电哩，一打电，谷底里轰隆隆响，像过火车。再到前边的崖沿，能看到另一座峰，比中峰小，几乎是一个锥体，锥尖上竟然就一个庙，庙小得如一个人蹴在那里。

从来没见过这般奇怪的庙，要近去看，路又断了，连接的不是一桥，这桥完全是几根木头搭成的，亏得桥上有廊，不至于让你看到外边。

过了桥到庙上，庙墙就齐着峰沿，峰沿上长满了树，一只手抱着树绕着庙下的一个斜道到了庙后边，小吴说从这儿还可以直下到峡谷里，峡谷里有神笔峰，你想不想看？我当然想看，但小吴又说从这里下去要过转树砭，即一棵大树立在路上，必须抱着树转一圈方能下去，我立即不敢下了，说还是从原路回到谷底再进峡里看神笔峰吧。

折回中峰，听道姑说山上事，她爱说话，说了峡谷十里，说了紫杉林二百亩，说了山上曾经的和尚和道士，说了她们三个是哪一年出家的，每日的法事如何做，怎样的吃喝。让我印象最深的，从此再不能忘的倒是两件事。

一是这里三峰环翠，西峰刚直，南峰峻急，中峰体秀身圆，土石和美，并且左有青龙蜿蜒，右有白虎低沉，前有朱雀欲飞，后有玄武伏降，本应存有王气，要出大人物的。然而，寺院道观并没建在面山枕山、左右临水的山脉重心位置，而选于天地交会最利升仙的山峰凸点上，因此这里一直安稳，与其说寺观是选中了这里的山水所建，不如说正是建造了寺观才保护了山的峻美树的茂密。

二是每年农历四月初一至初八是浴佛庙会，根据"佛生时龙喷香雨浴佛身"之说，以各种名香浸洗佛像，而平常山上很难下雨，庙会前却必有一场雨，庙会后也必有一场雨，竟然几百年来从未延误过。

最后，我们下到峡谷去看神笔峰，神笔峰果然端直插天，大家都嚷嚷着让我好好写篇文章，记下此时此景，我一时脑子里翻涌着许多前人诗句，什么满身黑痕多，独立在人间，什么众渡盘旋，落霞堆地，什么松上云从容，涧底水急湍，但觉得没一句能准确地描写这神笔峰的神采和看到神笔峰的心境。我说：大收藏家是以眼收藏的，今日看到神笔峰了，我也就拥有了神笔峰。

要离开贵清山了，小吴又和我们戏嘴了。

没哄吧？

没哄。

好吧？

好。

哈这就对了！

问你一句？

问。

为啥这么多天你不早早说来贵清山？

一路上都是黄土塬梁的，最后要给你们个惊喜哈，祖国山河可爱，定西不能排外么，离开定西的时候看看贵清山，给你们留个好印象哈！

没来贵清山，定西已经留下好印象了呀。

那来贵清山呢？

定西有贵清，清贵乃定西。

2011 年初

走三边

往陕北远行，三千里路，云升云降，月圆月缺，旅途是辛苦的。过了金锁关，山便显得愈小，羊便见得更多，风头一日比似一日强硬，一日比似一日的思亲情绪全然涌上心头了。当黄昏里，一个人独独地走在沟壑梁上，东来西往的风扯锯般地吹，当月在中天，只身儿卧在小店床上，听柴扉外蛐蛐儿忽鸣忽噤，便要翻那本边塞古诗，以为知音，是体会得最深最深的了。但我仍继续北上；三边，这是个多么逗人情思的神秘的地方啊。我知道，愈是好地方，愈是不容易去得，愈是去的人少了，愈值得去一趟呢。

穿过延安，车进入榆林地区，两天里，在沟底里钻，七拐八拐的，光看见那黄天冷漠，黄山发呆，车像是一只小爬虫儿，似乎永远也不可能钻出这黄的颜色。第三天，偶尔看见山上有了树，是绿的，或者是黄的，或者是红的，高高地衬在云天，像天地间突然涌出了一轮太阳，像战地上蓦地打起了一发信号弹，猜想水土异样，三边该是到了？但车又走了半天，还不肯停。杨树倒是多起来，陕南的杨树长在河边，这里的杨树却高高在上，这便称奇。九月天里，树叶全都泛黄，黄得又不纯，透了红的，属黄红，透了绿的，属黄绿，天生的颜色，天工的浓淡，这又是奇了。且那山的幅度明显大起来，沟却深极深极，三两步的宽窄，一直二十丈三十丈地下去，底里就是一指宽的水条子，亮亮的。路边偶尔就有人家了，独户一院，三户一簇，前墙单薄，山墙单薄，顶上微斜，不砖不瓦，用泥抹了，活脱脱一个个放大的火柴匣子呢。路过的土壁，用镢头一下下挖成，表面再凿成鱼鳞状的纹，人字形的纹，全然发黑，纹里生苔，千年万年而不倒了。有村子就有饭店，除了羊肉还是羊肉，常瞧见有人捧着一个熟煮的羊头，啃得嘴上是油，脸上是油。老头子的，披了羊皮袄袄，摇摇晃晃，提一副羊肠子，沿沟畔下到河边去洗，三四丈长的下水玩意儿在胳膊上像框线一样打着结。五只六只的肥狗竟无聊得围了车子撒欢，汪汪叫，四山一片空音。

三边还没到吗？山头变得更小了，也更矮了，末了就缓缓平伏了，像瘫了软了下去。几天几夜的山的压抑，使人几乎缩小了许多，猛一出山，车在路上快得蹦跶，人在车上也乐得蹦跶，但很快风大起来，沾身就起一层鸡皮疙瘩。这是个什么地方呢，这么开阔，天看不到边，地看不到沿，一满黄沙；这儿，那儿，起落着无数的小洼小包，可以说是哗啦铺下的一张大毯，并未实确，似乎往包上踩踩，包就下去，洼就起来了。草很少，树更没有，天和地是一个颜色，并行向前延伸着是两张黏合的胶布，车的行驶才将它们分开。路端端的，却软得厉害，风一过，就窜一条尘烟，远远看去，如燃起了一条长长的导火索。只是风沙旋转着往车上打，关了车窗，仍听见沙石在玻璃上叮叮咣咣价响。

到了定边，天已擦黑儿，城外三里，便进了绿的世界，要不是赶驴人提醒，谁能想到这不是树林子而是县城呢？于是得知，在这三边，有一丛树，便有一户人家，有一片树，便是一个村庄，有一座树林，就该是镇子或者县城了：原来天和地平行，树和人同长，这便是三边的特点了。林子里的路，已铺了柏油，无风无沙，落叶满地，在路边的沙窝子里积着堆儿，扫柴人一抓一把，动作犹如舞蹈。两边渐渐有了屋舍，虽也是火柴匣子的形状，但毕竟清洁可爱，门窗直对屋顶，更为讲究，格棂漆蓝，贴纸黄、红、绿、白，上有窗花，飞禽走兽，花鸟虫鱼，千姿百态；窗子是房子的眼，透眼一看，主人的家境，主人的心境便楚楚了然了。街道出奇的宽，家家院落大能做球场，这使善于拥挤的大城市的人如何不能想象，假设有盲人来到这里，用不着探路棍儿，也不会撞了壁的。从街面往每一条巷道望去，青瓦瓦一色，再一留神，才发现全县城每一块地面，沙土全不裸露，一律被青砖铺了：正是这些有根系之树，这些有重量之砖，才在沙原上镇守住了这个县城吗？街上路灯已亮，人走动的极多，几天来很少见到人影，原来人都集中到这儿了吧。男人差不多都戴了卫生帽，脸是黑的，帽是白的，黑白反衬；女人却全束着长发，瘦脸光洁，发是黑的，脸是白的，也是黑白反衬。似乎这里一切都十分安逸、平静，外地人一来，立即就被所有人发觉了，她们全要妩媚而大胆地瞅着，在灯影下指指点点地议论，你刚一注意，便嗫了口舌，才一掉头，就又戛然大笑。茫茫边塞，漠漠沙原，竟有这么个城，城里有城墙，有门洞，有钟楼，有鼓楼，城里的人又水色，又风雅，爽而不野，媚而不俗，一时使外人如进了天上仙地，温柔之乡，竟忘了去投宿，也不卸行囊，便沿街乐而漫游了。

走到十字街心，人头攒拥，路塞而不能前行，原来一家戏院正散了戏，问声："什么戏？"答曰："秦腔。"一句秦腔，倍感亲切，一时大梦初醒，才知这里并非异地，走来走去，还在陕西。我有一癖性，大凡到了一地，总喜欢听听本地戏文，因为地方戏剧最易于表现当地风土人情。但听听别的戏文，仅仅是了解罢了；秦腔却使我立即缩短了陌地陌人的距离。便当街立着，与他人攀谈，三边人竟男音雄而有韵，女音秀而有骨，三言两语，熟若知己。说话间，见无数只狗沿街窜钻，吓得不敢走动，旁有解释说：这里家家养狗，体肥性凶，但一般却不伤人；晚上主人看戏，狗尾随而来，故街上到处可见了。

我先到西南郊的白于山区去，河流下切的河槽上，陡崖上，砂岩露出，这便是整个三边出石头的地方了。除此以外，到处是黄土、黄土，除了黄土还是黄土。站在沟壑处，便见山峰连续，站在坡上，却原来一切都被洪水切裂了，一眼望去，浑圆的丘峰，混混的、沌沌的，重叠交错。千沟万壑又显得支离破碎，分割成一小块一小块的地面，这便是有了涧、川、塬、梁、峁、岔、坪、台吗？正是这残存的塬、台、梁上，高粱火红，糜子金黄。此时正逢收获，可惜这里不比关中平原，庄稼茂密如森林，农民而是跑着收割，收一把，夹在肘下，跑一垄，肘下夹一捆，广种薄收，偌大一块地，末了在地中只堆起五堆六堆，这便是好年景了呢。再往南走，那山更有了特点，多是土山戴沙，其气脉从沙迹而来，势颇平缓，亦有负石而出的，其势则峻急了。但那石头已不是坚硬的青色，而是赭褐，脚踢便松散，像未烧熟的砖坯。那人家就沿沟而居，陶室穴处，或在石崖、河底凿出石板架屋代瓦。衣裤穿那羊皮，烧柴山上砍蒿，饮水却到崖畔上去，那里是一个一个小窟，小如灯盏一般，水自盏出，渊渊声如鼓，水虽不大，聚潭清澈可见底，味甘纯如露，最宜于烹茶，冬饮能暖肚，夏喝而祛暑。更有趣的是山壁上多有打儿窝：窝小小的。高高在上，立崖下往上丢石，石进之求子辄应。我在那里住了一夜，主人十分好客，做了荞面疙墩，熬了羊肉腥汤，彻夜一家老少盘脚坐炕，喝酒儿，唱曲儿。天明要走，特去那打儿窝丢石，可连丢五次未中，主人倒很难堪，不住替我安慰，我虽求儿不至，但以此而乐，已是十二分的满足了。告别主人回返，行至十里，正是腹饥口渴，忽听哪儿有唢呐，声声远韵。循声寻去，沟洼有了人家娶亲，新人正拜堂，院中十二支唢呐吹天吹地。见我路过，一哇声喊着，邀到上席，说是省城客人，正好添喜，于是主人敬酒，新郎敬酒，新娘敬酒，每敬必三杯，杯杯底干。

走了丘壑地，又上牧草滩。这里比不得前日的难辛，一马平川，便租得自行车，终日走乡串村落得自在。早上，草原出日，比海上日出更为可观，直奔红日驶去，偶一侧头，便见蜿蜒长城，长城那边沙丘连绵，免不了感叹：难得一道长城，昔日挡敌寇，今日拒风沙。间或还会遇见一些河流的，但都可怜见的，流程短，又愈流愈小，末了就积水于穴洼，不涸者为湖，涸了的为坑。车上稍走个神儿，就骑进草里，车倒了，人也倒了，软软地不疼。站起来，草没了膝盖，远远看着有了羊群，白云似的飘，却忽然不见了，等着风起，草木倒伏，那羊群又复出现。羊是百十头，头羊领着，时而散开，时而集中。我觉得好玩，便去捉那长角头羊要玩，只说羊是世上最温顺的动物，没想竟发怒起来，直向我牴。牧童叫要就地睡倒，我照办了，那头羊倒以为我已死，便昂首得意而去。问牧童：这里的羊这么凶恶？他冲我一笑，只是领我又走了一段，遇见另一群羊，一声吆喝，两群羊就肃然对阵，头羊出场，怒目而视，良久，几乎同时各自后退十多米远，猛地冲去，嘭，两头相撞，角也折了，皮也破了，仍争斗不已。我不禁胆战心惊，庆幸刚才装死，要不哪是羊的对手呢？这么得了教训，再遇见羊，不敢妄动，但有一日，又看见好大两群羊在那里啃草，却无论不见牧羊人。正要呼叫，远远飘来嘻嘻笑声，左右看时，前边的一丛沙柳，无风而摇得厉害，便见有了两个人影，一个蓝衣，一个红衣，相依相偎。我知道这是一对恋人了，爱情最忌外人，就悄然退走，走出二里地，终忍不住回头一望，那少男少女已经分开，各站在白云似的羊群中，招手对笑，接着就对唱起来了：

大红果果剥皮皮，

人家都说我和你；

其实咱们没有那回事，

好人担了个赖名誉。

道是无情却有情；爱情是这么热烈，又是这么纯朴。遥想那大城市中的公园，一张石凳紧坐三对恋人，话不敢高说，笑不敢放纵，那情，那景，如何有这里的浪漫情趣呢？我一时激动，使劲蹬动车子，骑到了莽草中的一个平坝子上，坝子上草是浅了，但绿却来得嫩，花也开得艳，实在是一个天然的大足球场，又想起大城市为了办足球场，移土填面，松地植草，原来是那么的可怜而可笑了。越想越乐，车如奔马，似乎觉得自行车前轮如日，后轮如月，威威乎，当当乎，该是世上见识最广，气派最大的人物了。

但是，乐极生悲，天近黄昏，竟迷了方向，又一时风声大作，草木皆伏，我大声呼喊，嘴一张，风便灌满，喊声连自己也听不到。惊恐之际，蓦地远处有了灯光，落魂失魄地赶去，果然有了人家。进去讨了吃喝，一打问，这里竟是盐场。盐场？我反复问了几句，主人讲，这里的盐场可大了，年产几十万吨，况且类似这么大的盐场，三边共有十多处；他们这一带人，人人会捞盐，每年二三月开捞，至八九月止，如今捞盐时令已过，他们就放牧，或是采甘草。说着，就送我一捆甘草，其茎粗，其根长，为我从未见过。嚼之，甜赛甘蔗。其中有一种叫铁心甘草的，全株竟是朱红，折之，质坚如木，也还有一种叫"大郎头"的，直径甚至达一寸五，一株便一斤三两。这一夜真可谓乐极生悲，又否极泰来，虽然未能去看看那盐场，但得了甘草，又得了知识，美哉乐哉。天明要走，主人又杀了羔羊，这羔羊十四五斤，浑身雪白，顺着将毛儿用手一撮，四指不见头，吹吹，其毛根根九道曲弯。这就是中外有名的"二毛皮"了，此等皮毛，以往只听说过，至今见到，爱不释手，实想买得一张，又难为开口，但却开了口福，羔羊肉鲜美异常，大海碗的羊肉泡馍馍，一连吃过三碗，生日忘了，命儿忘了，心想神仙日子，也莫过如此了。

在定边待了几日，就新结识了几位伙伴，他们视我如兄弟，主动提出做我的向导，要往北边沙漠里去走走。"一定要去看看，那又是另一个世界呢！"兴趣撩拨，就三人越过了长城，徒步北行。沙地上，行走委实更艰难了，太阳暴热，阳光反射在地上，白花花的，直刺得眼睛发疼。脚下越来越沉，正应了走一步退半步之说，立时浑身就汗水淋淋。沙丘皆是东西坐向，带状排列，望之如海中浪涛，其波峰波谷，起起伏伏，似有了节奏。每一沙碛，低者三米，高者八米十米不限，沙细如面，掬之便从指缝流漏。沙丘过去，又是成片的盐碱地，树木是不长的，只可怜巴巴生些盐蒿。一棵蒿守住一抔土，渐渐便成了一个小包，均匀得像种的菜蔬。再往后却又是沙丘，但已经植了树：沙柳，红柳，小叶杨，沙枣。生态竟是这么平衡：沙盖了盐碱，树又守住了流沙。

再往沙地深处去，已不知走了多少里，树林子便越发密了。叶子全金黄了，透过金黄色过去，便看见里边又是白亮亮的沙丘。谁知刚刚走了二十分钟，前边竟是一个不大不小的湖！伙伴们才哄地笑了，笑得诡谲，也笑得得意，便去捡柴舀水，做起野餐来。我兀自到湖边去看，湖水没源无口，我不知这沙地里水是从哪儿来的，又怎么没在沙中漏掉？！掬一口尝尝，甘甜清凉，立时肘下津津生风。静观水面，就有了唼唼鱼声，但湖水绿得沉重，终未看见那鱼的模样。倏忽又有了啾啾鸟鸣，才醒悟这一整天来，还未见过鸟影，原来沙地的鸟全快活在水边树丛中了。突然，那鸟惊起，满天撒了黑点，瞬间无影无踪，才是四只五只鹞子飞来，黑色影子一般地四处出击。我不禁恨起这些鹞子了，怎么到什么地方，有良善，就必然要有了凶恶呢？！一个人再往湖后沙丘上爬去，那里有几株沙枣，枣子成熟，用脚一蹬树，枣子就哗哗落下，并不红的，有沙一样的颜色，吃之，没汁，质如栗子，嚼嚼方酸味隐隐显有了。大多的沙丘已经被固定，圆墩墩的，压了道道沙柳，那沙纹便像女人头上的发罩，均匀地网着。

三天过后，我们又信步走到一个镇落里，这个镇落显得很大，有回民，有汉民，分两片屋舍：一处汉民，建筑分散中但有联络；一处回民，建筑对仗里却见变化。伙伴讲，再往北去不远，还有蒙民哩。汉回见得多了，蒙民还未见过，我便想改日往北边去，夜里在镇中小学借宿，和一老教师说起蒙民，那老教师原来在那北边干过事，给我一个手抄本，上有关于蒙俗的描述，那上边记载多极，现在依稀记得这么一段：

> 三边地区蒙民，性刚强而心巧，专恃畜牧，羊只尚少，马牛最多。当地亦产盐，每三二人驱牛数鞍头，驮其盐，载布帐锅碗往来。昼意干粮，晚就道旁，有水草处卸鞍驮，撑帐支锅，取野薪自炊，其牛纵食原野，人披裘轮卧起，以犬护之，不花一钱。汉民亦效之。

读此书，方知三边地域竟是这么广大，民族竟是这么亲善，在远离省城，更远离京都的边塞，保持了这般宝地，令人有多少感慨啊！但是，就在我们动身去蒙民居住的区域的时候，意外又得到消息：这个镇子在两日之后，便是汉、回、蒙一年一度的盛大交易会，便只好暂时取消北上计划，只好将把蒙区访问做成千般儿万般儿美好想象罢了。

交易会，其场面可谓热闹，有北京王府井的拥挤，却比王府井更气势；有上海南京路的嘈杂，却比南京路更疯野。那一排一摆小吃，荞面拉条，豆面揪片，黄米干饭，羊肉粉汤，酸、辣、汪、煎，五味俱全；那菜市上一筐一车，二尺长的白菜，淡黄的萝卜，乌紫的土豆，半人高的青葱，六色尽有；那农具市上的铜的挂铃，铁的镢，钢的锨，叮、咣、铿、锵，七音齐响。还有那骡马市上，千头万头高脚牲口，黄乎乎，黑压压偌大一片，蒙民在这里最为荣耀，骡马全头戴红缨，脖系铃铛，背披红毡，人声喧嚣，骡马鸣叫，气浪浮动得几里外便可听见。在羊肉市上，近乎一里长的木架上，羊肉整条挂着。更有买卖活羊的，卖主用两只腿夹住羊头，大声与买主议价。汉、回、蒙民都似乎极富有，买肉就买整条，买果就买整筐。末了就都拥进那菜馆酒馆，大块吃肉，大碗喝酒，直要闹到月上中天方散。在酒馆里，几句攀谈，我们便成了极熟的人，兴致高涨，开怀大饮，他们竟有几个人当下醉了。第二天坐车要离开，车已开动，有几个蒙民却拦住了车头，要我下来，我不知何事，倒吓了一跳。他们竟是从怀中掏出一瓶"西凤"，他们不服，特赶来要我喝。我哈哈一笑，感其豪爽，当喝下两口，他们叫好，称我"朋友"，几番握手，互留地址，方放车通行。

半个月匆匆过去了，临走前两天，正好是阴历八月十五，夜里在长城根下一个村子吃了月饼、香梨，喝了花茶、葡萄酒，看了一阵房东大娘剪的窗花，兴致还未尽，便同房东小儿子一起登长城望高。月光下，沙海泛亮，草原迷离，高高低低的长城，从脚下一头伸向天的东头，一头伸向天的西头，这伟大的建筑，从远古的时候，一坐落在这里，沙再没有埋住，风再没有刮走，它给了沙漠之骨，沙漠也给了它的雄壮。如今烽火台没有了狼烟传递，但每一座台下，都住了人家，牛羊互往，亲戚走动；生着，在这沙漠上添着活气；死了，隆起沙堆，又生起一堆绿色。一道长城，是连接千家万户的一条线，流动着不屈不挠的生命和新型的人与人关系的情感。玩到天明，晨曦里看见天地相接的地方，柳树林子长得好茂，那树都是桩杆粗壮，一人多高，就截了顶，聚出密密的嫩枝，枝形呈圆，叶子全红了，像无数偌大的灯笼高高举着，似乎这天之光明，完全是这些灯笼照耀的。树林子前面，端端一柱白烟长上来了，走近去，是放蜂人燃的。这里还能放蜂，犹如春天里一个童话！相坐攀谈，放蜂人来自江南，年年都来，来数月方去。他说，外人以为三边无色无香，其实那是错了。"你瞧，绿的沙柳，红的盐蒿，粉的牛儿草，白的盐，黄的沙，这三边的土地是最有五颜六色，是最有香有甜的。"尝尝那蜜，果然上品，荔枝蜜没有它香醇，槐花蜜没有它味长。

告辞了放蜂人，突然之间，几天来混混沌沌的思想，沉淀的沉淀了，清亮的清亮了，一时觉得有角度来做我的文章了。往回边走边构思，眼光偏又盯住了一片一片不知名的荆棘，开着丸子一般大的白绒花团，顺枝而上的，如挂纸钱串，就地而生的，又如围起的花环。哦，我明白了，这类花的开放，是对三边荒凉的送葬吗？是对三边的富有和美丽的礼赞吗？天黑回到村子，房东已为我准备好了送别酒菜，菜饱酒足，席上拉起了二胡。二胡的清韵，又勾起了我思亲的幽情，仰望天上明月，不知今夜亲人们如何思念着我，可他们哪会知道今夕我在这里是多么欢乐啊！一时情起，书下一信，告诉说：明日我又要继续往北而去，只盼望什么时候了，我要和我的亲人，更多的朋友能一块再走走三边，那该又是何等美事呢。

作于 1982 年 10 月 23 日三边—西安

一块土地

这是××给我说的，他说，那块地并不大，总共十八亩二分五，他们习惯于说是十八亩地。

十八亩地很平整，但北头窄，南头稍宽些，西边有一条水渠，水渠一拐，朝别的地方去了，拐弯处长了棵梧桐树。十八亩地里冬天种麦夏天种苞谷，庄稼长得好不好，他那时太小，只有两岁吧，并不理会，他只关心着那棵梧桐树上会不会来凤凰。梧桐树是沙白村里最粗的树，树冠特别大，也特别圆，风一吹，就软和了，咕涌咕涌地动。大人们都说，梧桐树上招凤凰，但他从来没见过凤凰，来的全是黑羽毛鸟，一落进去就不见了。

那时候，他的太爷还在，太爷鼻子以下都是胡子，没有嘴。他记得有一阵子太爷总是去十八亩地，从地北头走到地南头，再从地南头走到地北头，来回地走。太爷在地里走着就背了手，腿好像没了膝盖，直戳戳往前迈一步，再迈一步，像是不会走路似的。从渠沿上走过的人说：阿爷，你咋天天都量地哩？

太爷说：我有么！

那人说：那原本就是你的么。

太爷瞪了一眼。

太爷为什么要瞪人家，他不知道原因，后来是爷告诉了他，爷的爷初来乍到沙白村时，还是一片狼牙刺滩，一家人起早贪黑硬是挖掉了狼牙刺，搬走了石头，才修出来了十八亩地。但在太爷三十岁的那一年，房子着了大火，把什么都烧成了灰，十八亩地就卖给了村里的马家，太爷还从此给人家吆马车。

太爷在用步子丈量着十八亩地，村子里正叮叮咣咣地敲锣鼓。锣鼓差不多都敲过十天半月了，还是敲，那是一套新置的响器，敲起来他总以为要敲烂了，可就是敲不烂。

锣鼓敲到谁家，谁家就拿一条红被面来挂彩，快到他家时，太婆舍不得把红被面披出来，记得太爷站在上房台阶上吃水烟，太爷每天丈量一遍十八亩地回来都要吃水烟，说：你呀你呀，新社会了么！

他那时候不晓得什么是社会，社会又怎么是新的了。

太爷说：土地改革了呀！

太爷在十八亩地里种了麦子，麦子长势很好，风一来，麦地里就旋了涡，风好像有双大脚，一直在那里跳舞。可是，麦子刚刚泛黄，眼看着都要搭镰了，太爷却死了。

太爷他没福。

沙白村的坟地都是在村东那个堆料礓石的高岗子上的，只有太爷的坟埋在梧桐树下。太爷临死前给太婆交代，这十八亩地是极力要求分回来，宁愿一人孤孤单单，一定要埋在十八亩地里。太婆和太爷一辈子意见不合，平日一个说要这样，另一个偏要那样，太婆说：啊这一回听你的。就把太爷埋在了梧桐树下。

村里的人说，太婆真不该把太爷埋在十八亩地里的，可能太爷知道太婆不顺听他的话，故意反说的，太爷哪里会舍得让坟占用十八亩地呢？他们就提起太爷的往事，说马家不仅在沙白村的土地多，在西安城里仍还有一个骡马店，太爷就每日从渭河码头上到城里的钟楼下，又从城里的钟楼下到渭河码头上吆马车拉客。冬季的夜里吆完最后一趟马车，钟楼下就有老妓女等太爷，太爷便给她买两碗热馄饨，她可以整夜把太爷的一双脚抱在怀里暖热。这老妓女后来就是他的太婆。但这话爷不让后辈人说，他爹不说，他也不说。

其实，太爷的事他记得并不多，记得深刻的还是他爷。

爷对十八亩地更是上心，种麦，种苞谷，也种豌豆和芝麻，地堰砌得又细又直，地里的土疙瘩都揸得碎碎的，更不能有一棵杂草。沙白村人在很长时间里流传着一个笑话，说爷有一次进城，沙白村离城有十里路，爷感觉要大便呀，就往回赶，须要把便屙在十八亩地里，但终究没憋住，半路上屙了，却还屙在荷叶上提回来倒在地里。这笑话或许是编的，但他亲眼看过爷在吃土，那是一个秋后，十八亩地犁过种麦，麦苗还没有出来，爷领着他在地里走，爷一直鼻孔张大地吸。他说爷你吸啥呢？爷说你没有闻到土气香吗？他闻不出来，爷就从地上捏了一把土，捏着捏着，竟把一小撮塞在嘴里嚼起来了，吓了他一跳。

他说：爷，爷，你吃土哩？

爷说：吃哩。

他说：爷是蚯蚓。

爷嚇嚇地笑了，说：蚯蚓？啊，蚯蚓，爷是蚯蚓。

后来，爷就当了村长。当了村长，就走方字步，而且每次出门，都要披一件衣服，冬天里披的是棉袄，夏天里披的是褂子，在村道里走，人人见了都问候。爷怎样经管着村子，他不甚清楚，但在爷当村长的几年里，沙白村一下子成了远近闻名的先进村。

有一年夏天，有个风水先生来到村里，看了沙白村地形，认为沙白村并没什么出奇处呀，就见到爷，怀疑村长的祖坟是不是好穴位，爷带着他就去了十八亩地。才走到水渠拐弯那儿，爷却让风水先生等一等，风水先生问为啥？爷说：一群孩子在地南头偷吃豌豆哩，咱突然去了会吓着他们。风水先生哦了一声，不再去看穴位，说：我明白了，全明白了。

是过了两年吧，村里又是敲锣打鼓，叮叮咣，叮叮咣，他还是操心着锣鼓要敲烂了，可锣鼓就是敲不烂。爷当然也是参加了锣鼓队，但敲完锣鼓回来，婆在问爷：咋又敲锣鼓哩？

爷说：社会又变呀。

婆经过土改，以为又要分地，说：村里不是地都分完了吗？

爷说：要收地呀。

这就是成立了人民公社，沙白村各家各户的土地都收了，十八亩地也收了，所有的土地都归于集体。

村子里架起了高音喇叭，喇叭是个大嘴，整天在说着人民公社好。但是爷不久就病了，爷发病先是眼睛黄，后来浑身黄，黄得像土，再就是肚子泻，汤米不进。沙白村成了人民公社的一个生产队，生产队选队长，选的还是爷，爷已经领不了社员们去拔界石，扒地堰，平整大面积耕地了。侧睡了一个月，到了初秋，爷突然精神好些，要家里人搀着去十八亩地，家里人搀着他到梧桐树下，爷说：哦，芝麻开花了。头一歪，咽了气。

爷死后没有埋在十八亩地里，因为十八亩地已经不属于他家的地了，爷埋在了村东堆料礓石的高岗子上。太爷的坟堆也平了，清明节去祭奠，只在梧桐树下烧烧纸。

十八亩地里再不可能还种豌豆和芝麻了，那是村里最好的三块地之一，秋季全种了苞谷。苞谷秆上结了棒子，像牛的犄角，他总感觉十八亩地里是摆了牛阵，牛随时都会呼啸着跑出来。

那些年里，吃粮吃菜连同烧锅的柴火都由生产队按工分的多少来分的，人开始肚子吃不饱饭，猪也瘦得长一身的红毛。沙白村的人几乎都成了贼，想着法儿偷地里的庄稼，他也就钻到十八亩地里将套种在苞谷里的黄豆叶子。将黄豆叶子时连黄豆荚一块将，拿回家猪吃叶子，人煮了豆荚吃。他是先后去将过三次，第四次让队长发现了，队长夺了笼筐，当场就用脚踏扁了。

他说：这十八亩地原本是我家……

队长说：你说啥？你再说？！

队长扇了他一个耳光，他就没敢再说。

他回到家要把挨打的事说给爹的，爹却正把那套锣鼓往他家的土楼上放，他以为又要敲锣鼓了，爹告诉他这套锣鼓一直在常三爷家，常三爷年纪大了，常三爷的儿子老谋着要把锣当烂铜烂铁卖了去买黑市粮呀，常三爷就让爹存到他家的。

这锣鼓从此就放在他家的土楼上，再也没有敲过。有一年村里有个叫朱能的人来他家借小米，他家没有秤，也没升子，朱能说你家不是放着锣吗，给我量上一锣。他爹从土楼上取锣，锣里竟然有一窝新生的老鼠，用锣量了一锣小米，朱能却是把那一锣小米做了干饭，一顿吃了。

朱能坏了村子的名誉，周围生产队的人都在嘲笑，说沙白村的人是饿死鬼托生的。

在他七岁的那年，娘得了一种病，就是腰越来越弯，好像她背上老压着大沙袋似的，眼睛再也看不到天了。爹把他寄养在了城里的姑家，就在那里上学。村里的事自那以后他便知道得少了，只晓得爹在后来像太爷年轻时一样，吆起了马车。但爹吆马车不是去拉客，爹是到城里拉粪。每个星期六，爹都要来姑家的那个大杂院收粪水，辕杆上就吊一个麻袋，里边装着红薯，或者是白菜和葱，放到姑家了，便在厕所里淘粪，然后一桶一桶提出去倒在马车上的木罐里。那匹老马很乖，站着一动不动，无论头是朝东还是朝西，尾巴老是朝下。淘完了粪，爹是不在姑家吃饭的，带着他回沙白村过星期天，他便坐在辕杆上。

他是每个星期六都坐粪车的，一直坐到了中学毕业。

这期间发生了多少事啊，比如，他娘死了，他爹摔断过腿，头发一根一根全白了，他又上了大学，大学毕业又在一家报社上班。

就在他再一次回到沙白村，要把工作辞退准备经商的想法说给爹，他记得清清楚楚，那一天他家的院子里拥了好多人。这些人在从土楼上往下取锣鼓，鼓是皮松了，重新拉紧钉好，而锣也锈了几处，敲起来还是震耳欲聋。他那时真笨，以为他们要闹社火，还纳闷着沙白村从来就没有闹过社火呀。

院子人说：征地啦，征地啦！

他说：土地又改革呀？

院子人说：你还是城里人哩，你不知道征地？！

他当然知道征地，好多城中村都征地盖楼房了，可他哪里能想到，沙白村距城这么远的，怎么就征到了这里的地！

沙白村的锣鼓叮叮咣咣敲动着，沙白村里真是被征了地，不仅是征了耕地，连村子都被征了。因为沙白村西边的三个村子原是唐代的皇家公园旧址，现在要恢复重建，周围十几个村子都得搬迁。

那个晚上，沙白村人都在高兴，这地一征，社会又变了么，他们终于不再是农民了，以后子子孙孙永远不是农民了，而且每家还领到了一大笔补贴费，就筹划着该怎么使用这些钱了：去大商场租个柜台吧，从广州上海进货，做服装生意，却又担心如果货卖不出去怎么办。最可靠的还是到街上去摆地摊吧，或者推个三轮车去卖早点。他爹却在屋里喝闷酒，喝了半瓶子，喝得一脸的汗都是油。

爹问：你爹真的也不是农民了？

他说：没地了，当然不是农民了。

爹却说咱到十八亩地去。

他能理解爹的心情，以前分了地，又收了地，地还在沙白村，天天都能看到，现在却要离开沙白村，十八亩地说不定做什么用场，就再也没有了呀。他陪爹去了十八亩地，那一夜月亮很亮，爹又像太爷一样，反背了手，腿也没了膝盖，直直地一步一步从地北头走到地南头，从地南头走到地北头。走了七八个来回，爹的腿一软就跪在地上磕头。他不知道爹是给十八亩地磕头哩，还是给埋在十八亩地里的太爷磕头。

爹离开了沙白村，搬住到了城西南角新建的小区，把家里的什么都带去了，包括那一套锣鼓。但爹过不惯高层楼的生活，说老觉得楼在摇，晚上睡不踏实。

他不能陪爹呀，先还是十天半月去看望一次，后来三四个月也难得去，因为他的公司经营外贸生意，生意又非常好，而且在积累了一定资金后，他也开始进入房地产市场。

城市发展确实很快，像潮水一样向四边漫延着扩张着，那个唐代的皇家公园在三年内就恢复重建了，果然成了西安最现代也最美丽的地方，原先二十万一亩征去的土地，地价开始成了四百万一亩，纷纷建造了别墅，别墅已卖到两万元一平方米。还未开发的那些地方，政府都用围墙圈着，过一段时间，拍卖一块；再过一段时间，再拍卖一块。

当然，每次拍卖会他都去参加的，每次参加了都铩羽而归，因为价钱实在是太高了。但当又一次召开拍卖会，拍卖的是沙白村那一片面积，他竭力竞争，他的实力不可能拿下整个沙白村，却终于得到了那十八亩地的开发权。

他把这消息告诉了爹，爹雇了一辆三轮把那一套锣鼓拉到了十八亩地里，和他公司的员工整整敲了三天三夜，叮叮咣咣，这一回鼓敲得散了架，锣真的就烂了。

他说，这十八亩地他要得到，就是倾公司的所有力量，一定要得到，得不到他就得疯了。他确实有些孤注一掷，甚至是变态了，他在给他的员工讲道理，他说十八亩地，是他看到的也是经过的，收了，分了，又收了，又分了，这就是社会在变化。社会的每一次变化就是土地的每一次改革，这土地永远还是十八亩呀，它改革着，却演绎了几代人的命运啊！

××说完了他的故事，我让他带我去十八亩地看看，十八亩地果然还被围墙围着，地很平，没有庄稼，长着密密麻麻一人多高的蒿草。水渠已经没有了，那棵梧桐树还在。那真是少见的一棵树呀，树干粗得两个人才能抱住，树冠又大又圆。突然，地的南头嘎喇喇一声，飞起了一只鸟，这鸟的尾巴很长，也很好奇，我们立即认出那是野鸡，就撵了过去。野鸡还在草上闪了几下，后来再寻就不见了。

怎么会有野鸡？野鸡是能飞的，但它飞不高也飞不远，围墙之外都是楼房，它是从哪儿来的？我们都疑惑了。

我说：是不是沙白村原来就有野鸡？

他说：这不可能，我从来没在村里见过野鸡。

我想，那就是这十八亩被围起来后，地上自生了蒿草也自生了野鸡。因为只有一个水塘，水塘里从没放过鱼苗，过那么几年水塘里自然不就有鱼在游动吗？

××却突然地说：这是不是我太爷的魂？！

他这话是把我吓了一跳，但我绝不会认为他的话是对的，我只是担心这十八亩地很快就要被铲草掘土，建起高楼了，那野鸡还能生存多少日子呢？

又是一年过去了，我再没见到××，也没有听到关于他的消息，有一天路过了那十八亩地，十八亩地的围墙换了，换成了又高又厚的砖墙，全涂着红色，围墙里并不是建筑工地，梧桐树还在，蒿草还一人多高。而围墙西头紧锁着两扇铁门，门口又挂着一个牌子，写着：一块土地。

2010.5.23

通渭人家

通渭是甘肃的一个县。我去的时候正是五月，途经关中平原，到处是麦浪滚滚，成批成批的麦客蝗虫一般从东往西撵场子，他们背着铺盖，拿着镰刀，拥聚在车站、镇街的屋檐下和地头，与雇主谈条件，讲价钱，争吵，咒骂，甚或就大打出手。环境的污杂，交通的混乱，让人急迫而烦躁，却也感到收获的紧张和兴奋。一进入陇东高原，渐渐就清寂了，尤其过了会宁，车沿着苦丁河在千万个峁塬沟岭间弯来拐去，路上没有麦客，田里也没有麦子，甚至连一点绿的颜色都没有，看来，这个地区又是一个大旱年，颗粒无收了。太阳还是红堂堂地照着，风也像刚从火炉里喷出来，透过车窗玻璃，满世界里摇曳的是丝丝缕缕的白雾，搞不清是太阳下注的光线，还是从地上蒸腾的气焰，一切都变形了，开始是山，是路，是路边卷了叶子的树，再后是蹴在路边崖塄上发痴的人和人正看着不远处铁道上疾驶而过的火车。火车一吼长笛，然后是轰然的哐哐声。司机说：你听你听，火车都在说，甘肃——穷，穷，穷，穷……

我就是这样到了通渭。

通渭缺水，这在我来之前就听说的，来到通渭，其严重的缺水程度令我瞠目结舌。我住的宾馆里没有水，服务员关照了，提了一桶水放在房间供我洗脸和冲马桶，而别的住客则跑下楼去上旱厕。小小的县城正改造着一条老街，干燥的浮土像面粉一样，脚踩下去噗噗地就钻一鞋壳。小巷里一群人拥挤着在一个水龙头下接水，似乎是有人插队，引起众怒，铝盆被踢出来咣啷啷在路道上滚。一间私人诊所里，一老头趴在桌沿上接受肌肉注射，擦了一个棉球，又擦一个棉球，大夫训道：五个棉球都擦不净？！老头说：河里没水了嘛。城外河里是没水了，衣服洗不成，擦澡也不能，一只鸭子从已是一片糨糊的滩上往过走，看见了盆子大的一个水潭，潭里还聚着一团蝌蚪，中间的尾巴在极快地摆动，四边的却越摆越慢，最后就不动了，鸭子伸脖子去啄，泥粘得跌倒，白鸭子变成了黄鸭子。城里城外溜达了一圈，我趋近街房屋檐下的货摊上买矿泉水喝，摊边卧着的一条狗吐了舌头呼哧呼哧不停地喘，摊主骂道：你呼哧得烦不烦！然后就望着天问我那一疙瘩云能不能落下雨来？天上是有一疙瘩乌云，但飘着飘着，还没有飘过街的上空就散了。

我懦懦地回宾馆去，后悔着不该接受朋友的邀请，在这个时候来到了通渭，但是，我又一次驻脚在那个丁字路口了，因为斜对面的院门里，一个老太太正在为一个姑娘用线绞拔额上的汗毛，我知道这是在"开脸"，出嫁前必须做的工作。在这么热的天气里，她即将要做新娘了吗？姑娘开罢了脸，就站在那里梳头，那是多么长的一头黑发呀，她立在那里无法梳，便站在了凳子上，梳着梳着，一扭头，望见了我正在看她，赶忙过来把院门关了。院门的门环在晃荡着，安装门环的包铁突出饱圆，使我联想到了女人成熟的双乳。"往这儿看！"一个声音在说，我脸唰地红起来，扭过脖子，才发现这声音并不是在说我，而一个剃着光头的男人脖子上架了小儿就在我前面走。光头是一边走一边让小儿认街两边店铺门上的字，认得一个了，小儿用指头就在光头顶上写，写了一个又一个。大人问怎么不写了？小儿说：后边有人看着我哩。我是笑着，一直跟他们走过了西街。

这天晚上，我见到了通渭县的县长，他的后脖是酱红颜色，有着几道褶纹，脖子伸长了，褶纹就成白的。县长是天黑才从乡下检查蓄水灌溉工程回来，听说我来了就又赶到宾馆。我们一见如故，自然就聊起今年的旱情，聊起通渭的状况，他几乎一直在说通渭的好话，比如通渭人的生存史就是抗旱的历史，为了保住一瓢水，他们可以花万千力气，而一旦有了一瓢水，却又能干出万千的事来。比如，干旱和交通的不便使通渭成为整个甘肃最贫困的县，但通渭的民风却质朴淳厚，使你能想到陶潜的《桃花源记》。

"是吗？"我有些不以为然地冲着他笑，"孟子可是说过：衣食足，知礼仪。"

"孟子是不知道通渭的！"

"我也是到过许多农村，如果哪个地方民风淳厚，那个地方往往是和愚昧落后连在一起的……"

"可通渭恰恰是甘肃文化普及程度最高的县！"县长几乎有些生气了，他说明日他还要去乡下的，让我跟着他去亲眼看看，就不会说这样的话了。

我真的跟着县长去乡下了，转了一天，又转了一天。在走过的沟沟岔岔里，没有一块不是梯田的，且都是外高内低，挖着蓄水的塘，进入大的小的村庄，场畔有引水渠，巷道里有引水渠，分别通往人家门口的水窖。可以想象，天上如果下雨，雨水是不能浪费的，全然会流进地里和窖里。农民的一生，最大的业绩是在自己手里盖一院房子，而盖房子很重要的一项工程就是修水窖，于是便产生了窖工的职业。小的水窖可以盛几十立方水，大的则容量达到数千立方，能管待一村的人与畜的全年饮用。一户人家富裕不富裕，不仅看其家里有着多少大缸装着苞谷和麦子，有多少羊和农具衣物，还要看蓄有多少水。当然，他们的生活是非常简单的，待客最豪华的仪式是杀鸡，有公鸡杀公鸡，没公鸡就杀还在下蛋的母鸡，然后烙油饼。但是，无论什么人到了门口，首先会问道：你喝了没？不管你回答是渴着或是不渴，主人已经在为你熬茶了。通渭不产茶叶，窖水也不甘甜，虽然熬茶的火盆和茶具极其精致，熬出的茶都是黑红色，糊状的，能吊出线，而且就那么半杯。这种茶立即能止渴和提起神来，既节约了水又维系了人与人之间的亲情。

我出身于乡下，这几十年里也不知走过了多少村庄，但我从未见过像通渭人的农舍收拾得这么整洁，他们的房子有砖墙瓦顶的，更多的还是泥抹的土屋，但农具放得是地方，柴草放得是地方，连搋在墙上的木橛也似乎经过了精心的设计。厨房里大都有三个瓮按程序地沉淀着水，所有的碗碟涮洗干净了，碗口朝下错落地垒起来，灶火口也扫得干干净净。越是缺水，越是喜欢着花草树木，广大的山上即便无能力植被，自家的院子里却一定要种几棵树，栽几朵花，天天省着水去浇，一枝一叶精心得像照看自己的儿女。我经过一个卧在半山窝的小村庄时，一抬头，一堵土院墙内高高地长着一株牡丹，虽不是花开的季节，枝叶隆起却如一个笸篮那么大。山沟人家能栽牡丹，牡丹竟长得这般高大，我惊得大呼小叫，说：这家肯定生养了漂亮女人！敲门进去，果然女主人长得明眸皓齿，正翻来覆去在一些盆里倒换着水。我不明白这是干啥，她笑着说穷折腾哩，指着这个盆里是洗过脸洗过手的水，那个盆里是涮过锅净过碗的水，这么过滤着，把清亮的水喂牲口和洗衣服，洗过衣服了再浇牡丹的。水要这么合理利用，使我感慨不已，对着县长说：瞧呀，鞋都摆得这么整齐！台阶上是有着七八双鞋，差不多都破得有了补丁，却大小分开摆成一溜儿。女主人倒有些不好意思了，说：图个心里干净嘛！

正是心里干净，通渭人处处表现着他们精神的高贵。你可以顿顿吃野菜喝稀汤，但家里不能没有一张饭桌；你可以出门了穿的衣裳破旧，但不能不洗不浆；你可以一个大字不识，但中堂上不能不挂字画。有好几次饭时我经过村庄的巷道，两边门口蹲着吃饭的老老少少全站起来招呼，我当然是要吃那么一个蒸熟的洋芋的，蘸着盐巴和他们说几句天气和收成，总能听到说谁家的门风好，出了孝子。我先是不解这话的意思，后来才弄清他们把能考上大学的孩子称作孝子，是说一个孩子若能考上大学就为父母省去好多熬煎，若是这孩子考不上学，父母就遭罪了。重视教育这在中国许多贫困地区是共同的特点，往往最贫穷的地方升学率最高，这可以看作是人们把极力摆脱贫困的希望放在了升学上。通渭也是这样，它的高考升学率一直在甘肃是名列前茅，但通渭除了重视教育外，已经扩而大之到尊重文字，以至于对书法的收藏发展到了一种难以想象的疯狂地步。在过去，各地都有焚纸炉，除了官府衙门焚化作废的公文档案外，民间有专门捡拾废纸的人，捡了废纸就集中焚烧，许多村镇还贴有"敬惜字纸"的警示标语，以为不珍惜字与纸的，便会沦为文盲，即使已经是文人学子也将退化学识。现在全县九万户人家，不敢说百分之百家里收藏书法作品，却可以肯定百分之九十五的人家墙上挂有中堂和条幅。我到过一些家境富裕的农民家，正房里、厦屋里每面墙上悬挂了装裱得极好的书法作品，也去过那些日子苦焦的人家，什么家当都没有，墙上仍挂着字。仔细看了，有些是明清时一些国内大家的作品，相当有价值，而更多的则是通渭县现当代书家所写。县长说，通渭人爱字成风，写字也成风，仅现在成为全国书法家协会会员的人数，通渭是全省第一，而成为省书协会员的人数，在省内各县中通渭又是第一。书法有市场，书法家就多，书法家多，装饰店就多，小小县城里就有十多家，而且生意都好。我在一个只有十几户人家的小山村里，见到了其中三家挂有于右任和左宗棠的字，而一家的主人并不认字，墙上的对联竟是"玉楼宴罢醉和春，千杯饮后娇伺夜"。在另一家，一幅巨大的中堂，几乎占了半面墙壁，而且纸张发黄变脆，烟熏火燎得字已经模糊不清。我问这是谁的作品，主人说不知道，他爷爷在世时就挂在老宅里，他父亲手里重新裱糊过一次，待他重盖了新屋，又拿来挂的。我仔细地辨了落款是"靖仁"，去讨教村中老者，问靖仁是谁，老者说：靖仁呀，是前沟栓子他爷么，老汉活着的时候是小学的教书先生！把一个小学教师的字几代人挂在墙上，这令我吃惊。县长说，通渭有许多大的收藏家，那确实是不得了的宝贝，而一般人家贴挂字是不讲究什么名家不名家的，但一定得要求写字人的德行和长相，德行不高的人家写得再好，那不能挂在正堂，长相丑恶者也只能挂在偏屋，因为正堂的字前常年要摆香火的。

从乡下回到县城，许多人已经知道我来通渭了，便缠着要我为他们写字，可我怎么也想不到，来的有县上领导也有摆杂货摊的小贩，连宾馆看守院门的老头也三番五次地来。我越写来的人越多，邀我来的朋友见我不得安宁，就宣布谁再让写字就得掏钱，便真的有人拿了钱来买，也有人揣一个瓷碗，提一个陶罐，说是文物来换字，还有掏不出钱的，给我说好话，说得甚至要下跪，不给一个两个字就抱住门框不走。我已经写烦了，再不敢待在宾馆，去朋友家玩到半夜回来，房间门口还是站着五六个人。我说我不写字了，他们说他们坚决不向我索字，只是想看看我怎么写字。

在西安城里，书画的市场是很大的，书画却往往作为了贿品，去办升迁，调动，打官司或者贷款，我的情况就是如此，我也曾戏谑自己的字画推波助澜了腐败现象。但是在通渭，字画更多的是普通老百姓自己收藏，他们的喜爱成了风俗，甚至是一种教化和信仰。

在一个村里，县长领我去见一位老者，说老者虽不是村长，但威望很高。六月的天是晒丝绸的，村人没有丝绸，晒的却是字画，这位老者院子里晒的字画最多，惹得好多人都去看，他家老少出来脸面犹如盆子大。我对老者说，你在村里能主持公道，是不是因为藏字画最多？他说：连字画都没有，谁还听你说话呀？县长就来劲了，叫嚷着他也为村人写几幅字，立即笔墨纸砚就摆开了，县长的字写得还真好，他写的是"一等人忠臣孝子，两件事读书耕田"，写毕了，问道：怎么样？我说：好！他说：是字好还是内容好？我说字好内容好通渭好，在别的地方，维系社会或许靠法律和金钱，而通渭崇尚的是耕读道德。县长就让我也写写，讲明是不能收钱的，我提笔写了几张，写得高兴了，竟写了我曾在华山上见到的吉祥联：太华顶上玉井莲，花开十丈藕如船。

这天下午，一场雨就哗哗地降临了。村人欢乐得如过年节，我却躺在一面土炕上睡着了，醒来，县长还在旁边鼾声如雷。

几天后，我离开了通渭，临走时县长拉着我，一边搓着我胳膊上晒得脱下的皮屑，一边说：你来的不是好季节，又拉着你到处跑，让你受热受渴了。我告诉他：我来通渭正是时候！我还要来通渭，带上我那些文朋书友，他们厌恶着城市的颓废和堕落，却又不得不置身于城市里那些充满铜臭与权柄操作的艺术事业中而浮躁痛苦着，我要让他们都来一回通渭！

静虚村记

　　如今，找热闹的地方容易，寻清静的地方难；找繁华的地方容易，寻拙朴的地方难，尤其在大城市的附近，就更其为难的了。

　　前年初，租赁了农家民房借以栖身。

　　村子南九里是城北门楼，西五里是火车西站，东七里是火车车站，北去二十里地，又是一片工厂，素称城外之郭。奇怪台风中心反倒平静一样，现代建筑之间，偏就空出这块乡里农舍来。

　　常有友人来家吃茶，一来就要住下，一住下就要发一通讨论，或者说这里是一首古老的民歌，或者说这里是一口出了鲜水的枯井，或者说这里是一件出土的文物，如宋代的青瓷，质朴，浑拙，典雅。

　　村子并不大，屋舍仄仄斜斜，也不规矩，像一个公园，又比公园来得自然，只是没花，被高高低低绿树、庄稼包围。在城里，高楼大厦看得多了，也便腻了，陡然到了这里，便活泼泼地觉得新鲜。先是那树，差不多没了独立形象，枝叶交错，像一层浓重的绿云，被无数的树桩撑着。走近去，绿里才见村子，又尽被一道土墙围了，土有立身，并不苫瓦，却完好无缺，生了一层厚厚的绿苔，像是庄稼人剃头以后新生的青发。

拢共两条巷道，其实连在一起，是个"U"形。屋舍相对，门对着门，窗对着窗；一家鸡叫，家家鸡都叫，单声儿持续半个时辰；巷头家养一条狗，巷尾家养一条狗，贼便不能进来。几乎都是茅屋，并不是人家寒酸，茅屋是他们的讲究：冬天暖，夏天凉，又不怕被地震震了去。从东往西，从西往东，茅屋撑得最高的，人字形搭得最起的，要算是我的家了。

村人十分厚诚，几乎近于傻昧，过路行人，问起事来，有问必答，比比划划了一通，还要领到村口指点一番。接人待客，吃饭总要吃得剩下，喝酒总要喝得昏醉，才觉得惬意。衣着朴素，都是农民打扮，眉眼却极清楚。当然改变了吃浆水酸菜，顿顿油锅煎炒，但没有坐在桌前用餐的习惯，一律集在巷中，就地而蹲。端了碗出来，却蹲不下，站着吃的，只有我一家，其实也只有我一人。

我家里不栽花，村里也很少有花。曾经栽过多次，总是枯死，或是委琐。一老汉笑着说：村里女儿们多啊，瞧你也带来两个！这话说得有理。是花嫉妒她们的颜色，还是她们羞得它无容？但女儿们果然多，个个有桃花水色。巷道里，总见她们三五成群，一溜儿排开，横着往前走，一句什么没盐没醋的话，也会惹得她们笑上半天。我家来后，又都到我家来，这个帮妻剪个窗花，那个为小女染染指甲。什么花都不长，偏偏就长这种染指甲的花。

啥树都有，最多的，要数槐树。从巷东到巷西，三搂粗的十七棵，盆口粗的家家都有，皮已发皱，有的如绳索匝缠，有的如渠沟排列，有的扭了几扭，根却委屈得隆出地面。槐花开时，一片嫩白，家家都做槐花蒸饭。没有一棵树是属于我家的，但我要吃槐花，可以到每一棵树上去采。虽然不敢说我的槐树上有三个喜鹊窠、四个喜鹊窠，但我的茅屋梁上燕子窝却出奇地有了三个。春天一暖和燕子就来，初冬逼近才去，从不撒下粪来，也不见在屋里落一根羽毛，从此倒少了蚊子。

最妙的是巷中一眼井，水是甜的，生喝比熟喝味长。水抽上来，聚成一个池，一抖一抖地，随巷流向村外，凉气就沁了全村。村人最爱干净，见天有人洗衣。巷道的上空，即茅屋顶与顶间，拉起一道一道铁丝，挂满了花衣彩布。最艳的，最小的，要数我家：艳者是妻子衣，小者是女儿裙。吃水也是在那井里的，需天天去担。但宁可天天去担这水，不愿去拧那自来水。吃了半年，妻子小女头发愈是发黑，肤色愈是白皙，我也自觉心脾清爽，看书作文有了精神、灵性了。

当年眼羡城里楼房，如今想来，大可不必了。那么高的楼，人住进去，如鸟悬窠，上不着天，下不踏地，可怜怜掬得一抔黄土，插几株花草，自以为风光宜人了。殊不知农夫有农夫得天独厚之处。我不是农夫，却也有一庭土院，闲时开垦耕耘，种些白菜青葱。菜收获了，鲜者自吃，败者喂鸡，鸡有来杭、花豹、翻毛、疙瘩，每日里收蛋三个五个。夜里看书，常常有蝴蝶从窗缝钻入，大如小女手掌，五彩斑斓。一家人喜爱不已，又都不愿伤生，捉出去放了。那蛐蛐就在台阶之下，彻夜鸣叫，脚一跺，噤声了，隔一会，声又起。心想若是有个儿子，儿子玩蛐蛐就不用跑蛐蛐市掏高价购买了。

门前的那棵槐树，唯独向横的发展，树冠半圆，如裁剪过一般。整日看不见鸟飞，却鸟鸣声不绝，尤其黎明，犹如仙乐，从天上飘了下来似的。槐下有横躺竖蹲的十几个碌碡，早年碾场用的，如今有了脱粒机，便集在这里，让人骑了，坐了。每天这里人并不散，谈北京城里的政策，也谈家里婆娘的针线，谈笑风生，乐而忘归。直到夜里十二点，家家喊人回去。回去者，扳倒头便睡的，是村人，回来捻灯正坐，记下一段文字的，是我呢。

来求我的人越来越多了，先是代写书信，我知道了每一家的状况，鸡多鸭少，连老小的小名也都清楚。后来，更多的是携儿来拜老师，一到高考前夕，人来得最多，提了点心，拿了水酒。我收了学生，退了礼品，孩子多起来，就组成一个组，在院子里辅导作文。村人见得喜欢，越发器重起我。每次辅导，门外必有家长坐听，若有孩子不安生了，进来张口就骂，举手便打。果然两年之间，村里就考中了大学生五名，中专生十名。

天旱了，村人焦虑，我也焦虑，抬头看一朵黑云飘来了，又飘去了，就咒天骂地一通，什么粗话野话也骂了出来。下雨了，村人在雨地里跑，我也在雨地跑，疯了一般，有两次滑倒在地，磕掉了一颗门牙。收了庄稼，满巷竖了玉米架，柴火更是塞满了过道，我骑车回来，常是扭转不及，车子跌倒在柴堆里，吓一大跳，却并不疼。最香的是鲜玉米棒子，煮能吃，烤能吃，剥下颗粒熬稀饭，粒粒如栗，其汤有油汁。在城里只道粗粮难吃，但鲜玉米面做成的漏鱼儿，搅团儿，却入味开胃，再吃不厌。

小女来时刚会翻身，如今行走如飞，咿呀学语，行动可爱，成了村人一大玩物，常在人掌上旋转，吃过百家饭菜。妻也最好人缘，一应大小应酬，人人称赞，以至村里红白喜事，必邀她去，成了人面前走动的人物。而我，是世上最呆的人，喜欢静静地坐地，静静地思想，静静地作文。村人知我脾性，有了新鲜事，跑来对我叙说，说毕了，就退出让我写，写出了，嚷着要我念。我念得忘我，村人听得忘归；看着村人忘归，我一时忘乎所以，邀听者到月下树影，盘脚而坐，取清茶淡酒，饮而醉之。一醉半天不醒，村人已沉睡入梦，风止月暝，露珠闪闪，一片蛐蛐鸣叫。我称我们村是静虚村。

鸡年八月，我在此村为此村记下此文，复写两份，一份加进我正在修订的村史前边，作为序，一份附在我的文集之后，却算是跋了。

1982 年

黄土高原

　　沟是不深的，也不会有着水流；缓缓地涌上来了，缓缓地又伏了下去：群山像无数偌大的蒙古包，呆呆地在排列。八月天里，秋收过了种麦，每一座山都被犁过了，犁沟随着山势往上旋转，愈旋愈小，愈旋愈圆。天上是指纹形的云，地上是指纹形的田，它们平行着，中间是一轮太阳；光芒把任何地方也照得见了，一切都亮亮堂堂。缓缓地向那圆底走去，心就重重地往下沉；山洼里便有了人家。并没有几棵树的，窑门开着，是一个半圆形的窟窿，它正好是山形的缩小，似乎从这里进去，山的内部世界就都在里边。山便再不是圆圈的叠合了，无数的抛物线突然间地凝固，天的弧线囊括了山的弧线，山的弧线囊括了门窗的弧线。一地都是那么寂静了，驴没有叫，狗是三个、四个地躺在窑背，太阳独独地在空中照着。

路如绳一般地缠起来了：山垭上，热热闹闹的人群曾走去赶过庙会。路却永远不能踏出一条大道来，凌乱的一堆细绳突然地扔了过来，立即就分散开去，在洼底的草皮地上纵纵横横了。这似乎是一张巨大的网，由山垭哗地撒落下去，从此就老想要打捞起什么了。但是，草皮地里能有什么呢？树木是没有的，花朵是没有的，除了荆棘、蒿草，几乎连一块石头也不易见到。人走在上边，脚用不着高抬，身用不着深弯，双手直棍一般地相反叉在背后，千次万次地看那羊群漫过，粪蛋儿如急雨落下，嘭嘭地飞溅着黑点儿。起风了，每一条路上都在冒着土的尘烟，簌簌地，一时如燃起了无数的导火索，竟使人很有了几分骇怕呢。一座山和一座山，一个村和一个村，就是这么被无数的网罩起来了。走到任何地方，每一块都被开垦着，每处被开垦的坡下，都会突然地住着人家，几十里内，甚至几百里内，谁不会知道那条沟里住着哪户人家呢？一听口音，就攀谈开来，说不定又是转弯抹角的亲戚。他们一生在这个地方，就一刻也不愿离开这个地方，有的一辈子也没有去过县城，甚至连一条山沟也不曾走了出去；他们用自己的脚踏出了这无数的网，他们却永远走不出这无数的网。但是，他们最乐趣的是在二三月，山沟里的山鸡成群在崖畔晒日头，几十人集合起来，分站在两个山头，大声叫喊，山鸡子从这边山上飞到那边山上，又从那边山上飞到这边山上，人们的呐喊，使它们不能安宁，它们没有鹰的翅膀可以飞过更多的山沟，三四个来回，就立即在空中方向不定地旋转，猛地石子一样垂直跌下，气绝而死了。

土是沙质的，奇怪的是靠崖凿一个洞去，竟百年千年不会倒坍，或许筑一堵墙吧，用不着去苫瓦，东来的雨打，西去的风吹，那墙再也不会垮掉，反倒生出一层厚厚的绿苔，春天里发绿，绿嫩得可爱，夏天里发黑，黑得浓郁，秋天里生出茸绒，冬天里却都消失了，印出梅花一般的白斑。日月东西，四季交替，它们在希冀着什么，这么更换着苔衣？！默默的信念全然塑造成那枣树了，河滩上，沟畔里，在窗前的石磙子碾盘前，在山与山弧形的接壤处，突然间就发现它了。它似乎长得毫无目的，太随便了，太缓慢了，春天里开一层淡淡的花，秋天里就挂一身红果。这是最懂得了贫困，才表现着极大的丰富吗？是因为最懂得了干旱，那糖汁一样的水分才凝固在枝头吗？

冬天里，逢个好日头，吃早饭的时候，村里人就都圪蹴在窗前石碾盘上，呼呼噜噜吃饭了。饭是荞麦面，汤是羊肉汤，海碗端起来，颤悠悠的，比脑袋还要大呢。半尺长的线线辣椒，就夹在二拇指中，如山东人夹大葱一样，蘸了盐，一口一截，鼻尖上，嘴唇上，汗就骨骨碌碌地流下来了。他们蹲着，竭力把一切都往里收，身子几乎要成一个球形了，随时便要弹跳而起，爆炸开去。但随之，就都沉默了，一言不发，像一疙瘩一疙瘩苔石，和那碾盘上的石磙子一样，凝重而粗笨了。窗内，窗眼里有一束阳光在浮射，婆姨们正磨着黄豆，磨的上扇压着磨的下扇，两块凿着花纹的石头顿挫着，黄豆成了白浆在浸流。整个冬天，婆姨们要待在窑里干这种工作，如果这磨盘是生活的时钟，这婆姨的左胳膊和右胳膊，就该是搅动白天和黑夜的时针和分针了。

山峁下的小路上，一月半月里，就会起了唢呐声的。唢呐的声音使这里的人们精神最激动，他们会立即放下一切活计，站在那里张望。唢呐队悠悠地上来了，是一支小小的迎亲队，前边四支唢呐，吹鼓手全是粗壮汉子，眼球凸鼓，腮帮满圆，三尺长的唢呐吹天吹地，满山沟沟都是一种带韵的吼声了。农人不会作诗，但他们都有唢呐，红白喜事，哭哭笑笑，唢呐扩大了他们的嘴。后边，是一头肥嘟嘟的毛驴，耸着耳朵，喷着响鼻，额头上，脖子上，红红绿绿系满彩绸。套杆后就是一辆架子车，车头坐着一位新娘，花一样娟美，小白菜一样鲜嫩，她盯着车下的土路，脸上似笑，又未笑，欲哭，却未哭；失去知觉了一般的麻麻木木。但人们最喜看这一张脸了，这一张脸，使整个高原以此明亮起来。后边的那辆车，是两个花枝招展的陪娘坐着，咧着嘴憨笑，狼狼狈狈地紧抱着陪箱，陪被，枕头，镜子。再后边便是骑着毛驴的新郎，一脸的得意，抬胳膊动腿地常要忘形。每过一个村庄，认识的，不认识的，都要在怀里兜了枣儿祝贺。吃一颗枣儿，道一声谢谢，道一声谢谢，说一番吉祥，唢呐就越发热闹，声浪似乎要把人们全部抛上天空，轰然粉碎了去呢。

最逗人情思的是那村头小店：几乎每一个村庄，路畔里就有了那么一家人，老汉是肉肉的模样，婆姨是瘦瘦的精干，人到老年，弯腰驼背的，却出养个万般水灵的女儿来。女儿一天天长大，使整个村庄自豪，也使这个村庄从此不能安宁。父母懂得人生的美好，也懂得女儿的价值，他们开起店来，果然生意兴隆。就有了那么个后生，他到远远的黄河东岸去驮铁锅去了，一去三天三夜，这女子老听见驴子哇儿哇儿地响，站在窗前的枣树下，往东看得脖子都硬了。她恨死了后生，恨得揉面，捏了他的小面人儿，捏了便揉，揉了又捏。就在她去后洼洼拔萝卜的时候，那后生却赶回来，坐在窑里吃饭，说一声："这面怎么没味？"回道："我们胳膊没劲，巧巧不在。""啊达去了？"人家不理睬，他便脸通红，末了出了门，一步三回头。老人家送客送到窑背背，女子正赶回藏在山峁峁，瞧见爹娘在，想下去说句话，又怕老人嫌，待在那里，灰不沓沓。只待得爹娘转脚回去了，一阵风从峁上卷下来："等一等！"踉踉跄跄跑近了，羞羞答答，扭扭捏捏，却从怀里掏出个青杏儿来。

可怜这地面老是干旱，半年半年不曾落下一滴雨。但是，一落雨就没完没了，沟也满了，河也满了。住在几圪崂洼里的人家，一下雨人人都在关心着门前那条公路了。公路是新开的，路一开，外面的人就都来过，大卡车也有，小卧车也有，国家干部来家说一席漂亮的京腔，录一段他们的歌谣，他们会轻狂地把什么好东西都翻出来让人家吃。客人走过，窑背上的皮鞋印就不许被扫了去，娃娃们却从此学得要刷牙，要剪发……如今雨地里路垮了，全村人心都揪起来，一个人背了镢头去修，全村人都跟了去干。小卧车嘟嘟地开过来，停在那边，他们急得骂天骂地骂自己，眼泪都要掉下来。公家的事看得重，他们的力气瞧得轻。路修通了，车开过了，车一响，哗地人们都向两边靠，脸是笑笑的，十二分的虔诚和得宠，肥大的狗汪汪地叫着要去撵，几个人拉住绳儿不敢丢手。

走遍了十八县，一样的地形，一样的颜色，见屋有人让歇，遇饭有人让吃。饭是除了羊肉、荞面，就是黄澄澄的小米；小米稀做米汤，稠做干饭，吃罢饭，坐下来，大人小孩立即就熟了。女人都白脸子，细腰身，穿窄窄的小袄；蓄长长的辫，多情多意，给你纯净的笑，男的却边塞将士一般的强悍，大块吃肉，大碗喝酒，上了酒席，又有人醉倒方止。但是，广漠的团块状的高原，花朵在山洼里悄悄地开了，悄悄地败了，只是在地下土中肿着块茎；牛一般的力气呢，也硬是在一把老镢头下慢慢地消耗了，只是加厚着活土层的尺寸。春到夏，秋到冬，或许有过五彩斑斓，但黄却在这里统一，人愈走完他的一生，愈归复于黄土的颜色。每到初春里，大批大批的城里画家都来写生了，站在山洼随便一望，四面的山峁上，弧线的起伏处，犁地的人和牛就衬在天幕。顺路走近去，或许正在用力，牛向前倾着，人向前倾着，角度似乎要和土地平行了，无形的力变成了有形的套绳了。深深的犁沟，像绳索一般，一圈一圈地往紧里套，他们似乎要冲出这个愈来愈小的圈，但留给他们活动的地方愈来愈小，末了，就停驻在山峁顶上。他们该休息了。只有小儿们，停止了在地边玩耍，一步步爬过来，扑进娘的怀里，眨着眼，吃着奶……

1982年9月写于延川县

夏河的早晨

这是一九九五年七月二十四日早上七点或者八点，从未有过的巨大的安静，使我醒来感到了一种恐慌，我想制造些声音，但×还在睡着，不该惊扰，悄然地去淋室洗脸，水凉得淋不到脸上去，裹了毛毡便立在了窗口的玻璃这边。想，夏河这么个县城，真活该有拉卜楞寺，是佛教密宗圣地之一，空旷的峡谷里人的孤单的灵魂必须有一个可以交谈的神啊！

昨晚竟然下了小雨，什么时候下的，什么时候又住的，一概不知道。玻璃上还未生出白雾，看得见那水泥街石上斑斑驳驳的白色和黑色，如日光下飘过的云影。街店板门都还未开，但已经有稀稀落落的人走过，那是一只脚，大概是右脚，我注意着的时候，鞋尖已走出玻璃，鞋后跟磨损得一边高一边低。

知道是个丁字路口，但现在只是个三角处，路灯杆下蹲着一个妇女。她的衣裤鞋袜一个颜色的黑，却是白帽，身边放着一个矮凳，矮凳上的筐里没有覆盖，是白的蒸馍。已经蹲得很久了，没有买主，她也不吆喝，甚至动也不动。

一辆三轮车从左往右骑，往左可以下坡到河边，这三轮车就蹬得十分费劲。骑车人是拉卜楞寺的喇嘛，或者是拉卜楞寺里的佛学院的学生，光了头，穿着红袍。昨日中午在集市上见到许多这样装束的年轻人，但都是双手藏在肩上披裹着的红衣里。这一个双手持了车把，精赤赤的半个胳膊露出来，胳膊上没毛，也不粗壮。他的胸前始终有一团热气，白乳色的，像一个不即不离的球。

终于对面的杂货铺开门了，铺主蓬头垢面地往台阶上搬瓷罐，搬扫帚，搬一筐红枣，搬卫生纸，搬草绳，草绳捆上有一个用各色玉石装饰了脸面的盘角羊头，挂在了墙上，又进屋去搬……一个长身女人，是铺主的老婆吧，头上插着一柄红塑料梳子，领袖未扣，一边用牙刷在口里搓洗，一边扭了头看搬出的价格牌，想说什么，没有说，过去用脚揩掉了"红糖每斤四元"的"四"字，铺主发了一会儿呆，结果还是进屋取了粉笔，补写下"五"，写得太细，又改写了一遍。

从上往下走来的是三个洋人。洋人短袖短裤，肉色赤红，有醉酒的颜色，蓝眼睛四处张望。一张软不沓沓白塑料袋儿在路沟沿上潮着，那个女洋人弯下腰看袋儿上的什么字，样子很像一匹马。三个洋人站在了杂货铺前往里看，铺主在微笑着，拿一个依然镶着玉石的人头骨做成的碗比划，洋人摆着手。

一个妇女匆匆从卖蒸馍人后边的胡同闪出来，转过三角，走到了洋人身后。妇女是藏族人，穿一件厚墩墩袍，戴银灰呢绒帽，身子很粗，前袍一角撩起，露出红的里子，袍的下摆压有绿布边儿，半个肩头露出来，里边是白衬衣，袍子似乎随时要溜下去。紧跟着是她的孩子，孩子老撵不上，踩了母亲穿着的运动鞋带儿，母子节奏就不协调了。孩子看了母亲一下，继续走，又踩了带儿，步伐又乱了，母亲咕哝着什么，弯腰系带儿，这时身子就出了玻璃，后腰处系着红腰带结就拖拉在地上。

没有更高的楼，屋顶有烟囱，不冒烟，烟囱过去就目光一直到城外的山上。山上长着一棵树，冠成圆状，看不出叶子。有三块田，一块是麦田，一块是菜花田，一块土才翻了，呈铁红色。在铁红色的田边支着两个帐篷，一个帐篷大而白，印有黑色花饰，一个帐篷小，白里透灰。到夏河来的峡谷里和拉卜楞寺过去的草地上，昨天见到这样的帐篷很多，都是成双成对的鸳鸯状，后来进去过一家，大的帐篷是住处，小的帐篷是厨房。这么高的山梁上，撑了帐篷，是游牧民的住家吗？还是供旅游者享用的？可那里太冷，谁去睡的？

"你在看什么？"

"我在看这里的人间。"

"看人间？你是上帝呵？！"

我回答着，自然而然地张了嘴说话，说完了，却终于听到了这个夏河的早晨的声音。我回过头来，×已经醒，是她支着身与我制造了声音。我离开了窗口的玻璃，对×说：这里没有上帝，这里是甘南藏族聚居区，信奉的是佛教。

夜在云观台

　　三年前，我从学校毕了业，莽莽撞撞入了社会，经了好多世事，人情却未练达，心便恹恹起来。在家读了些摩诘的书，只是一心儿恋那山水；便借着休假日期，自往丹江泛舟而游。到了山阳县，听得有一处胜地，便打问路径，一路寻着逍遥去了。

　　先是逆着鲁羊河而上，河面很宽，水没过膝盖，两岸杨柳如堵墙一般，间或空出一段，看见岸上人家：一幢竹楼，半匝篱笆，有鸡的几声细吟。走上半天，河水愈来愈浅，人家也见得稀少，末了，绿树围合了河面，只有一道净水从树下石板上流出，旋着轮状，自生自灭。眼见得天色晚下来，心想有胜地必有人家，便信步走去觅宿。

　　进了绿树林子，在浅水中的石头上跳跃着走了一气，便见有了一条道路，道路两边不再是杨柳，挤满了竹，粗者碗口粗，细者恰有一握，出奇地都是出地一尺，便拐出一个弯来，然后端端往上钻去。时有风吹过来，一声儿瑟瑟价响，犹如音乐从天而降。竹林过去，便见一座石山梁，山梁赤裸，不长一棵树木，也没一片草皮，沿山梁脊背凿着一带石阶。阶宽六寸，刚好放下脚面，阶距却一尺，步蹬一阶有余，跨两阶不足，需是款款慢上，不敢回头下看。这么上不到一半，便气喘吁吁，骇怕得起了一身的鸡皮疙瘩。

好容易登到最后一阶，软坐下来，小腿还在抖抖跳动不已，正感叹天地造物奇特，倏忽听得有什么响动，时而似云外闷雷，时而又觉在身下，四下看时，才见东西山梁两边，各有了两渠水悠悠去了。源头正从山湾后而来，在这山梁下凿分洞而过，水色翻白，山梁后侧刻着斗大的隶书：滚雪。

一时倒忘了疲倦，我踏着源头走去，山势陡然窄得多了，拐过又一弯处，竟是一大潭渊。水青得发黑，幽幽地如一泓石油。潭上有一架大拱桥，弯弯的撑着两边山崖，像是一把张口钳，又像是一张拉紧的弓，似乎稍一松动，那山崖便要合拢。走上桥去，立即看见水里有了黑影，像在上镜中的梯子，愈往上走，那黑影愈拉得长，风动波起，那桥那人就在潭底晃动，自觉脚下的桥面也在动了，再不

129

敢挪步。

我大惊失色，立在桥上，听山鸟在两边林里喧闹，偶尔一条两条鱼跃起，在水面上打得啪啪响，愈觉得静得可怕了。山色更暗起来，山根有了雾，先是一抹，接着繁衍成一个带状，霎时间爬上桥头。我一时不知何处有着人家，忽见潭上边的一块巨石上，端坐了一位老者：盘脚搭手，垂钓静观。我忙叫了几声，那老者竟不应不动。

我慌忙跑过拱桥，随那边一条小路跑去，却见眼前兀然一座大坝，尽是大块青石砌起，两边又是杨柳青竹，只有风声竹声树声。我站在那里，茫然不知所措。我悔不该一个人竟到了这里，实在是太可怕了！顿时周身冷汗，头发一根根竖了起来，拔腿又往回路跑去，却见林中路分出几条岔道，奔来拐去，自不辨了东南西北。

忽在远处，有了一点光亮，忙跑近一看，才发现是一处院落，门掩着，后屋的台阶上，有人在灯下剖鱼——正是那垂钓的老者呢。

"老伯！"我站在他的面前问，"这是什么地方？"

老者抬头看看，用手指着耳朵，示意耳朵不灵了。我大声又说了一遍，老者叫着：

"这便是云观台啊！"

云观台是风景胜地，如何没有游人，又如何没有什么人家？我大声问一句，老者答一句，好不容易才弄明白：这里是云观台水库，五年前建成的，守库人一共四个，今早到县上办事，去了三人，明日方能返回，就剩下这眼花耳聋的老者了。老者知道我远路而来，就安顿我在东厢房里住下，又沏了一壶茶，说："这是山上产的雀舌茶，煮的是这水库的水，你尝尝，味儿不错呢。"

我打开茶碗盖，果然一层白气，吹了一口，白气散去，水面上显出皱皱的纹痕，那雀舌浮在碗中，不漂也不沉，色并不浓，一股清香钻进鼻来。呷过一口，满嘴醇甘，我连声赞好。老者笑而不语，又剖他的鱼去了。

"喝完，好生睡吧。明日尝尝我们水库里的鱼。"

我独坐在房里品茶。新月初上，院里的竹影就投射在窗纸上，斑斑驳驳，一时错乱，但干的扶疏，叶的迷离，有深，有浅，有明，有暗，逼真一幅天然竹图。我推开窗便见窗外青竹将月摇得琐碎，隔竹远远看见那潭渊，一片空明。心中就又几分庆幸，觉得这山水不负盛名，合该这里没有人家，才是这般花开月下，竹临清风，水绕窗外，没有一点儿俗韵了。

我没了睡意，挑帘儿走了出来，老者还在剖鱼，我便对他夸道这地方绝妙，恨不能长住这里，看雾聚雾散，观花开花落，浪迹山水，乐得悠然。老者先是含笑，再是不语，末了狐疑起来，说："照你这等心绪，这山水也会使你厌烦的哩！"

"哪里，住在这里，就不开会了。"

"还有什么好处？"

"起码不多和人打交道吧。"

老者突然呵呵大笑起来："年轻人，你要知道，人是合群的，是热闹的，是鱼就应该到海里去，是虎就应该到林里去，要不，虎也要成了犬呢！"老者说完，又呵呵大笑不已，我却无言可答。老者端了灯，提着剖好的鱼进房里去了，院子里还留着那笑的余音。老者在房里又说道：

"年轻人，要说这云观台风光，你还没有到那最绝的地方去呢，凭这夜色，你去那大坝上看看吧，那儿更是没个人影，才是清静哩！"

我突然想起了来时的惊恐，猜想那大坝之上，湖水浩渺，万籁俱寂，是何等可怕的境界，心里便怯了许多。

老者又走了出来，站在月光下说："你去看看大坝里的水也好哩，那里边蓄了上百万个立方的水，静得落个树叶也能听见。可水蓄在这里，为的就是流下山去，水都恋着山下的田地庄稼，何况人呢，你要寻什么，又想要摆脱些什么？你走到哪儿，不是脚下都带着影子吗？你走了一路，哪一夜月亮不相随着你呢？"

我蓦然有些醒悟了，刹那间感觉到了我的幼稚，我的浅薄，我的可笑。我真想走过去握住老者的手，叫他一声"老师"，脚下却挪不开来，一股热辣辣的东西涌上脸面，只见那身后的竹帘影儿，静静地垂在新月里，那老者的笑声徐徐地浮动着，悠悠远去了……

条子沟

　　镇街往西北走五里地，就是条子沟。沟长三十里，有四个村子。每个村子都是一个姓，多的二十五六家，少的只有三户。

　　沟口一个石狮子，脑袋是身子的一半，眼睛是脑袋的一半，斑驳得毛发都不清了，躺在烂草里，天旱时把它立起来，天就下雨。

　　镇街上的人从来看不起条子沟的人，因为沟里没有水田，也种不成棉花，他们三六九日来赶集，背一篓柴火，或捎一根木头，出卖了，便在镇街的饭馆里吃一碗炒米。那些女人家，用水把头发抹得光光的，出沟时在破衣裳上套一件新衣裳，进沟时又把新衣裳脱了。但条子沟的坡坡坎坎上都能种几窝豆子，栽几棵苞谷，稀饭里煮的土豆不切，一碗里能有几个土豆，再就是有树，不愁烧柴，盖房子也不用花钱买椽。

镇街上的人从来缺吃的，也更缺烧的，于是就只能去条子沟砍柴。我小时候也和大人们三天五天里进沟一次，十五里内，两边的坡梁上全没了树，光秃秃的，连树根都被刨完了。后来，十五里外有了护林员，胳膊上戴一个红袖筒，手里提着铐子和木棒，个个面目狰狞，砍柴就要走到沟脑，翻过庾岭去外县的林子里。但进沟脑翻庾岭太远，我们仍是在沟里偷着砍，沟里的人家看守不住村后的林子，甚至连房前屋后的树也看守不住。经常闹出沟里的人收缴了砍柴人的斧头和背篓，或是抓住砍柴人了，把胳膊腿打伤，脱了鞋扔到坡底去；也有打人者来赶集，被砍柴者认出，压在地上殴打，重的有断了肋骨，轻的在地上爬着找牙，从此再不敢到镇街。

沟里人想了各种办法咒镇街人，用红漆和白灰水在石崖上画镇街人，都是人身子长着狼头，但几十年都没见过狼了，狼头画得像狗头。

他们守不住集体的那些山林，就把房前屋后属于自家的那些树看得紧。沟里的风俗是人一生下来就要在住户周围栽一棵树，松木的桐木的杨木的，人长树也长，等到人死了，这棵树就做棺材。所以，他们要保护树，便在树上贴了符，还要在树下围一圈狼牙棘，还要想法让老鸦在树上搓窝。谁要敢去砍，近不了树身，就是近去砍了，老鸦一叫，他们就扑出来拼命。但即便这样，房前屋后仍还有树也被砍掉了。

我和几个人就砍过姓许的那家的树。

姓许的村子就三户，两户在上边的河畔，一户在下边靠坡根。我们一共五个人，我和年纪最大的老叔到门前和屋主说话，另外三个人就到屋后去，要砍那三棵红椿树。老叔拿了一口袋十二斤米，口气和善地问换不换苞谷。屋主寒毛肌瘦，穿了件露着棉絮的袄，腰里系了根草绳。老叔说：米是好米，没一颗烂的，一斤换二斤苞谷。屋主说：苞谷也是好苞谷，耐煮，煮出来的糊汤黏，一斤米只能换一斤四两苞谷。老叔说：斤六两。屋主说：斤四两。我知道老叔故意在谈不拢，好让屋后砍树的人多些时间。我希望砍树的人千万不要用斧头，那样有响声，只能用锯，还是一边锯一边把尿尿到锯缝里。我心里发急，却装着没事的样子在门前转，看屋主养的猪肥不肥，看猪圈旁的那棵柿树梢上竟然还有一颗软柿，已经烂成半个，便拿脚蹬蹬树，想着能掉下来就掉到我嘴里。屋主说：不要蹬，那是给老鸦留的，它已经吃过一半了。我坐在磨盘上。沟里人家的门口都有一个石磨的，但许家的石磨上还凿着云纹。就猜想：这是为了推着省力，还是要让日子过得轻松些？

日子能轻松吗？！

讨价还价终于有了结果，一斤米换一斤半苞谷。但是，屋主却看中了老叔身上的棉袄，说如果能把那棉袄给他，他可以给三十斤苞谷。老叔的棉袄原本是黑粗布的，穿得褪了色，成了灰的，老叔当下脱了棉袄给他，只剩下件单衫子。

当三个人在屋后放倒了三棵红椿树，并已经掮到村前的河湾崖角下，他们给我们发咕咕的鸟叫声，我和老叔就背了苞谷袋子离开了。屋主说：不喝水啦？我们说：不喝啦。屋主说：布谷鸟叫，现在咋还有布谷鸟？我们说：噢噢，那是野扑鸽声么。

过了五天，我们又进沟砍柴，思谋着今日去哪儿砍呀，路过姓许的村子，那个屋主人瘦了一圈，拿着一把砍刀，站在门前的石头上，他一见有人进沟砍柴的就骂，骂谁砍了他家的树。他当然怀疑了老叔，认定是和老叔一伙的人砍的，就要寻老叔。我吓得把帽子拉下来盖住脸，匆匆走过。而老叔这次没来，他穿了单衫子冻感冒了，躺在炕上五天没起来了。

条子沟的树连偷带抢地被砍着，坡梁就一年比一年往深处秃去。过了五年，姓许的那个村子已彻底秃了，三户人家仅剩下房前屋后的一些树。到了四月初一个晚上，发生了地震，镇街死了三个人，倒了七八间房子，第二天早上传来消息，条子沟走山了。走山就是山动了。过后，我们去了沟里，几乎是从进沟五里起，两边的坡梁不是泥石流就是坍塌，竟然一直到了许姓村子那儿。我们砍树的那户，房子全被埋没，屋主和他老娘，还有瘫子老婆和一个小女儿都死了。村里河畔的那两户人家，还有离许村八里外十二里外的张村和薛村的人都来帮着处理后事，猪圈牛棚鸡舍埋了没有再挖，从房子的土石中挖出的四具尸体，用苇卷着停放在那里，而大家在砍他家周围的树，全砍了，把大树解了板做棺材。

还是那个老叔，他把做完棺材还剩下的树全买了回来，盖了两间厦子房，还做了个小方桌、四把椅子和一个火盆架。

老叔总是显摆他得了个大便宜，喜欢请人去他新房里吃瓜子，我去了一次，不知怎么竟感觉到那些木头就是树的尸体，便走出来。老叔说：你咋不吃瓜子呢？我说：我看看屹岬岭上的云，天是不是要下雨呀？屹岬岭在镇街的西南，那里有通往山外的公路。公路在岭上盘来绕去，觉得我与外边的世界似乎若即若离。

果然一年后，我考学离开了镇街，去了遥远的城市。从那以后，我就很少再回镇街，即便回来了，都是看望父母，祭奠祖坟，也没想到要去一下条子沟。再后来，农村改革，日子温饱，见到老叔还背了个背篓，以为他又要去砍柴，他说他去集市上买新麦种去，又说：世事真怪，现在有吃的啦，咋就也不缺烧的了？！再后来，城市也改革了，农村人又都往城市打工，镇街也开始变样，原先的人字架硬四椽的房子拆了，盖成水泥预制板的二层楼。再后来，父母相继过世，我回去安葬老人，镇街上遇到老叔，他坐在轮椅上，中风不语，见了我手胡乱地摇。再后来……我差不多二十年没回去了，只说故乡和我没关系了，今年镇街却来了人，说他们想把镇街打造成旅游景点，邀我回去参加一个论证会。我回去了，镇街是在扩张，有老房子，也有水泥楼，还有了几处仿古的建筑。我待了几天，得知我所熟悉的那些人，多半都死了，少半还活着的，不是瘫在炕上，就是滞呆了，成天坐在门墩上，你问他一句，他也能回答一句，你不问了，就再不吭声。但他们的后代都来看我，我不认识他们，就以相貌上辨别这是谁的儿子谁的孙子，其中有一个我对不上号，一问，姓许，哪里的许，条子沟的，说起那次走山，他说听他爹说过，绝了户的是他的三爷家。我一下子脑子里又是条子沟当年的事，问起现在沟里的情况，他告诉说二十多年了，镇街人不再进沟了，沟里的人有的去省城县城打工，混得好或者不好，但都没再回来，他家也是从沟里搬住在了镇街的。沟里四个村，三个村已经没人，只剩下沟脑一个村，村里也就剩下三四户人家了。我说：能陪我进一次沟吗？他说：这让我给你准备准备。

他准备的是一个木棍，一盒清凉油，几片蛇药，还有一顶纱网帽。

第二天太阳高照，云层叠絮，和几个孩子一进沟，我就觉得沟里的河水大了。当年路从这边崖根往那边崖根去，河里都支有列石，现在水没了膝盖，蹚过去，木棍还真起了作用。两边坡梁上全都是树，树不是多么粗，但密密实实的绿，还是软的，风一吹就蠕蠕地动，便显得沟比先前窄狭了许多。往里继续深入，路越来越难走，树枝斜着横着过来，得不停地用棍子拨打，或者低头弯腰才能钻过去，就有各种蚊虫，往头上脸上来叮，清凉油也就派上了用场。走了有十里吧，开始有了池，而且是先经过一个小池，又经过了一个大池，后来又经过一个小池，那都是当年走山时坍塌下的土石堆成的。池面平静，能看见自己的毛发，水面上刚有了落叶，便见一种白头红尾的鸟衔了飞去，姓许的孩子说那是净水鸟。净水鸟我小时候没听说过，但我在池水里看见了昂嗤鱼，丢一颗石子过去，这鱼就自己叫自己名字，一时还彼起此伏。沿着池边再往里去。时不时就有蛇爬在路上，孩子们就走到我的前边，不停地用木棍打着草丛。一只野鸡嘎嘎地飞起来，又落在不远处的树丫上，姓许的孩子用弹弓打，打了三次没打中，却惊动了一个蜂巢。我还未戴上纱网帽，蜂已到头上，大家全趴在地上不敢动，蜂又飞走了，我额头上却被叮起了一个包。亏得我还记得治蜂蜇的办法，忙把鼻涕抹上去，一会儿就不怎么疼痛了。

姓许的孩子说：本来想给你做一顿爆炒野鸡肉的，去沟脑了，看他们有没有獾肉。

我说：沟里还有獾了？

他说：啥野物都有。

我不禁感叹，当年镇街上人都进沟，现在人不来了，野物倒来了。

几乎是走了六七个小时，我们才到了沟脑薛村。村子模样还在，却到处残墙断壁，进了一个巷道，不是这个房子的山墙坍了一角，就是那个房子的檐只剩下光椽，挂着蛛网。地面上原本都铺着石头，石头缝里竟长出了一人高的榆树苗和扫帚菜。先去了一家，门锁着，之前的梯田塄下，一个妇女在放牛。这妇女我似乎见过，也似乎没见过，她放着三头牛。我说：你是谁家的？回答：德胜家的。问：德胜呢？回答：走啦。问：走啦，去县城打工了？回答：

死啦，前年在县城给人盖房，让电打死啦。我没有敢再问，看着她把牛往一个院子里赶，也跟了去，这院子很大，厦子房全倒了，还能在废墟里看到一个灶台和一个破瓮，而上房四间，门窗还好，却成了牛圈。问：这是你家？回答：是薛天宝的，人家在城里落脚了，把这房子撂了。到第二家去，是老两口，才从镇街抬了个电视机回来，还没来得及开门，都累得坐在那里喘气。我说：还有电呀？老头说：有。我说：咋买这么大的电视机呀？老头说：天一黑没人说话么。他开了门让我们进去坐，我们没进去，去了另一家，这是个跛子，正鼻涕眼泪地哭，吓得我们忙问出了什么事了，这一问，他倒更伤心了，哭声像老牛一样。

问他是不是哭老婆了，他说不是，是不是哭儿了，他说不是，是不是有病了，他还说不是，而他咋哭成了这样？他说熊把他的蜂蜜吃了。果然院子角有一个蜂箱，已经破成几片子。

不就是一箱蜂蜜么！

我恨哩。

恨熊哩？

我恨人哩，这条子沟咋就没人了呢？我是养了一群鸡呀，黄鼠狼子今日叼一只明日叼一只，就全叼完了。前年来了射狗子，把牛的肠子掏了。今秋里，苞谷刚棒子上挂缨，成群的野猪一夜间全给糟蹋了。这没法住了么，活不成了么!

跛子又哭了，拿拳头子打他的头。

我不知道说什么好。

返回来，又到了沟口，想起当年的那个石狮子，我和孩子们寻了半天，没有寻到。

走了几个城镇

　　中国的行政区域，据说，还沿用了明清时的划分，那就是不规则，或竖着或横着，相互交错，尤其省会城市必须都与邻省的距离最近，以防地方造反动乱。至于县与镇，就无所顾忌了，基于方便管理吧，百十里一县，二十里一镇。但在民间的习惯上，可能老百姓最营心的还是县，一般把省会城市不叫省城，叫省，镇当然还叫镇，而说到城，那就是指县城了。这如同所有的大路都叫官道，即便长江黄河从县城边流过，也都一律叫作县河。

　　今年，在断断续续的几个月里，我沿着汉江走了十几个城镇，虽不是去做调研和采风，却也是有意要去增点见识。那里最大的河流是汉江，江北秦岭，江南巴山，无论秦岭巴山，在这一地段里都极其陡峭，汉江就没有了滩，水一直流在山根。那里有一句咒语：你上山滚江去！也真是在山上一失足，就滚到汉江里去了。沿江两岸南北去数百里，凡是沟岔，莫不是河流，所有的河流也都是汉江的秉性，没堤没岸，苦得城镇全在水边的坡崖上建筑，或开崖劈出平台，或依坡随形而上。我和司机每次都是悄然出发，不事声张，拒绝应酬，除了反复叮咛限制车速外，一任随心所欲，走哪儿算哪儿，饥了逢饭馆就进，黑了有旅社便宿，一路下来，倒看到了平日看不到的一些事，听到了平日听不到的一些话，回来做一次长舌男，给朋友唠叨。

达　州

　　傍晚到达，城里人多如蚂蚁，正好手机上有了朋友发来的短信：想我的，赏个拥抱，不理我的，出门让……蚂蚁绊倒。我就笑了，在达州，真会被蚂蚁绊倒呢。

　　不仅人多，人都还忙着吃，每个饭馆里都有人站着等候凳子，小吃摊更是被人围着。随处可见有女孩儿，女孩儿都是三四个并排走的，一边走一边端着个小纸盒子，把什么东西往嘴里塞。

　　这让我想起二十世纪九十年代去过关中的一些县城，满地都是嚼过的甘蔗皮和渣子，所有的电影院里，上千人全都嗑瓜子，嚓嚓嚓的声音像潮水一般，你不也买一包来嗑就无法坐下来。

但达州街上很干净。

好比看见青年男女相拥相爱觉得可爱，而撞着年纪大的人偷情便恶心一样，达州城里女孩子的吃相倒优雅，是个风景。

只是街道窄。街道窄一是人太多，二是两边的楼房太高也太密。楼大多没外装饰，就显得是水泥的灰气。楼高就楼高了，其实也不是摩天大厦，而几乎一座挨着一座，同样格式，一般地高，齐刷刷地盖过去，我就感觉每条街上便是两座楼，左边是一座，右边是一座。

寻着一个宾馆住下，从最上边的窗子能俯视全城。城原来是建在一个山窝子里，楼把山窝子挤得严严实实，楼顶与四边的山冈几乎齐平，风在上边跑，风的脚可以从东跑到西，从北跑到南，风跑不到街上去。

一个县城，怎么会有这么多人呢？达州离大城市远，方圆数百里的大山里，这座城就是繁华地了吧。国家实施发展城镇化，人越来越多，楼就建得密密匝匝，要把小山窝子撑炸了。人是一张肉皮包裹了五脏六腑，人都到这里来讨好生活，水泥的楼房就把人打了包垒起来。

第二天离开达州，半路上遇着一辆运鸡的卡车，车上架着一层一层铁丝笼，每个铁丝格里都伸出个鸡头。擦车而过的瞬间，我看到那些鸡的冠都紫黑，张着嘴，眼睛惊恐不已。

镇　安

没通高速公路前，从镇安到西安的班车要走七八个小时，通了高速公路，只需两个小时；双休日，西安人就多驾车去那里玩了。

隔着一条县河，北边的山坐下来，南边的山也坐下来，坐下来的北边山的右膝盖对着南边山的右膝盖，城就在山的脚弯子里，建成了个葫芦状。北山的膝盖上有个公园，也有个酒店，我在酒店里住过三天。

差不多的早晨都有一段雨。那雨并不是雨点子落在地上，而是从崖头上、树林子里斜着飞，飞在半空里就燃烧了，变成白色的烟。在这种烟雨中，一溜带串的人要从城里爬上山来，在公园里锻炼。他们多是带一个口袋或者藤篮，锻炼完了路过菜市买菜，然后再去上班。而到了黄昏，云很怪异，云是风，从山梁后迅疾刮过来，在城的上空盘旋生发，一片一片往下掉，掉下来却什么也没有。这时候，机关单位的人该下班了，回家的全是女的，相约着饭后去跳舞，而男的却多是留下来，他们要洗脚，办公室里各人有各人的盆子，打了热水洗了，才晃悠晃悠地离开。

八点钟，广场上准时就响喇叭了，广场在城里最中心处，小得没有足球场大吧，数百个女人在那里跳舞。世上上瘾的东西真多，吸烟上瘾，喝酒上瘾，打牌上瘾，当然吃饭是最大的瘾，除了吃饭，女人们就是跳舞，反复着那几个动作，却跳得脖脸通红，刘海儿全汗湿在额上。

这舞一直要跳过十二点，周围人没有意见，因为有了跳舞，铺面里的生意才兴旺。

镇安离西安太近，乡下的农民去西安打工的就特别多，城里流动人口少，那些老户就把自家的房子都做了铺面，从西安进了各种各样的货，再批发给乡镇来的小贩。而机关单位的人，最能行的已调往西安去了，留下来的，因为有份工作，也就心安理得留在县城。县城的生活节奏缓慢，日子不富不穷，倒安排得十分悠然。

我在夜市的一个摊位上坐下来，想吃碗馄饨，看着斜对面的那家铺面，光头老板已经和一个小贩讨价还价了半天，末了，小贩开始装雨鞋，整整装了两麻袋。一个穿着西服的人提了一瓶酒、三根黄瓜往过走，光头在招呼了：

啊，去接嫂子呀？

穿西服的人说：让她跳去，我买瓶酒，睡前不喝两盅

148

睡不着嘛。

光头说：好日子嘛么，啥好酒？

穿西服的说：苞谷酒。

光头说：咋喝苞谷酒了？

穿西服的说：没你发财呀！

光头说：发什么财，要是能端公家饭碗，我也不这么晚了还忙乎！

穿西服的说：这倒是，你比我钱多，我比你自在嘛。

夜市的南头，单独吊着一个灯泡，灯泡下放着一盆水，飞虫在盆子里落了一指厚。但仍有蚊子咬人。卖馄饨的给了我一把蒲扇，那扇子后来不是扇，是在打，又打不住蚊子，一下一下都在打我。

小　河

从镇安到旬阳去，走的是二级公路。车到一个半山弯，路边有一排商店，商店里不知还有什么货，商店门口都摆了许多摊位，出售廉价的鞋帽衣物。没有顾客，摊位后是一妇女给婴儿喂奶，还有一只狗。

商店的左前是一个急转而下的路口。

我从路口往下看，路是四十度的斜坡，一边紧贴着崖，崖石龇牙咧嘴，一边还是商店，开间小，入深更小，像是粘在崾崄上。有人就拉着架子车爬上来，身子向前扑得特别厉害，眼睛一直盯着地面，似乎他不敢抬头，一抬头，劲一松，车子就倒溜下去了。

也真是，我在商店里买了一包烟，烟是假烟，吸着的时候店主再拿一瓶饮料让我买，又拿一包糕点让我买，我一直吸烟，店主有些生气，说：要不要，你说个话呀！我说：我能说话吗？我一说话烟就灭了。

我顺着坡道一直往下走，这就到了镇上。两边门面房的台阶又窄又高，门开着，里边黑洞洞的，看不清是卖货的还是卖饭的。门口都有一块光溜溜的石头，差不多四五个石头上站着鸭子，鸭子总是痒，拿长嘴啄身子。转过弯，又往下走，人家和商店更多些。再转个弯，就是河，河上有一座桥。桥头上有一个饭店，摆有三张木桌，饭店旁坐着个钉鞋的，他一直盯着我的脚。

桥应该是石拱桥，或者木桥，但它是水泥桥，已经破坏了护栏。站在桥上可以看到这个镇子一分两半，一半在东边的山坡，一半在西边的山坡。一个小镇分为两半，中间是一条不大的河，所以镇名叫小河吧。

河对面是另一条街，其实是从桥头一家杂货店门口像梯子一样陡的下坡路，一直下到河滩。这条街上多卖副食，山果也在这里卖。一黑瘦女人一见我来就拿一根竹枝扇肉案上的一个猪头，说：肉耶，没喂饲料的肉！路尽头的河滩上，篱笆里长着萝卜，叶子很青，萝卜很白。

从桥那边返回来，许多人也是路过了停车下来到镇上的，站在桥上讨论着要买鸡蛋，说这里的鸡蛋一定是土鸡蛋，还说买一头猪吧，五六十斤的，拉回去喂三个月苹果，那肯定好吃哩。讨论完了，就趴在护栏往下看，两边那屋场下的石阶上，有女人在河里淘米，他们不知是在看淘米的人，还是在看水里自己的影子。

在镇街转弯处，一家门口有一堆树根，见一个酒盅粗的柴棍似龙的形状，拿了要走时，忽有三个孩子跑来说那要钱哩，不给十元钱不能拿。我很生气，说一个柴棍都要钱呀？抬头看见六七个男人全端了饭碗蹲在不远的台阶上吃，我说：是你们教唆的吧？我朋友十年前路过这儿看见一个汉代石狮子，值三百元钱你们十元钱就卖了，现在一个柴棍儿值不了一毛钱倒要十元钱？六七个男人不说话，全在笑。我就把柴棍儿扔回树根堆了。

又回到入镇的那个慢坡路上，有人赶着一头毛驴迎面走来，人走一步，驴走一步，人总想去拉驴尾，但就差一步，一步撵不上一步，驴尾到底没拉住。

半山弯的鞋帽衣物摊边，妇女不见了，婴儿坐在那里，嘴里叼着一个塑料奶嘴。狗也嚼根骨头，骨头上没肉，狗图的是骨头上的肉味，在不停地嚼。

白 河

白河县城最早可能是一条街，河街。从湖北上来的，从安康下来的，船都停在城外渡口了，然后在河街上吃饭住店，掏钱寻乐。但现在是城沿着那座山从下往上盖，盖到了山顶，街巷就横着竖着，斜横着和斜竖着，拥拥挤挤，密密匝匝。所有的房子都是前后或左右墙不一样高，总有一边是从坡上凿坑栽桩再砌起来，县河上的鸟喜欢在树枝上和电线上站立，白河人也有着在峭岩㟖头上筑屋的本事。

地方实在是太仄狭了，城还在扩张，因为这里是陕西和湖北的交界，真正的边城，它需要繁华，却如一棵桃树，尽力去开花，但也终究是一棵开了鲜艳花的桃树。

城里人口音驳杂，似乎各说各的话，就显得一切都乱哄哄的。尤其在夜里，山顶的那条街上，更多的是摩托，后座上总是坐着年轻的女人，长腿裸露，像两根白萝卜。街上的灯很亮，但烤肉摊上炸豆腐摊上还有灯，有卖烧鸡的脖子上拴个带子，把端盘吊在身前，盘子里也有一盏灯。一片高跟鞋叩着水泥地面响，像敲梆子，三四个女孩儿跑过来，合伙买了半块鸡，旁边的小吃摊上就有人发怪声，喂喂地叫，女孩儿并不害怕，撕着肉往舌根送，不影响着口红的颜色。

第二天的上午，我到了那条河街上。因为来前有人就提说过河街，说有木板门面房，有吊脚楼，有云墙，有拱檐，能看到背架和麻鞋，能听到姐儿歌和叫卖山货声，能吃到油炸的蚕蛹和腊肉。但我站在街上的时候我失望了，街还是老街，又老不到什么地方去，估摸也就是二十世纪八十年代吧，两边的房子非常窄狭，而且七扭八歪的，还有着一些石板路，已经坑坑洼洼，还聚着雨水。没有商店，没有饭馆，高高台阶上的人家，木板门要么开着，要么闭着，门口总是坐着一些妇女，有择菜的，菜都腐败了，一根一根地择，有的却还分类着破烂，把空塑料瓶装在一个麻袋里，把各种纸箱又压平打成捆。我终于看到了三间房子有着拱檐，大呼小叫地就去拍照，台阶上的妇女立即变脸失色地跑下来，要我不要声高，说是孩子在屋里复习哩。这让我非常奇怪，问这是怎么回事，一妇女拉我到了一边，叽叽咕咕给我说了一通。

她虽然也说不清，但我大致知道了这里原本是白河老户最多的街，当县城不停地拆不停地盖，移到了山顶后，老户的人大多就离开了，现在只剩下一些老年人和空房子，而四乡八村来县城上学的孩子又把空房子租下来，那些妇女就是来陪读的。

边城是繁华着，其实边城里的人每每都在想着有一日离开这个地方，他们这一辈已经没力量出外，希望就寄托在下一代上。已经有许多人家，日子还可以的，就寻亲拜友，想方设法，把孩子送到安康或者西安去读小学中学，以便将来更容易考上大学，而乡下的人家，又将孩子从乡镇的学校送到县城来读书。

面对着这个妇女，我不知道该对她说什么好。当头的太阳开始西斜，靠南的房子把阴影铺到了街道上，一半白一半黑。就在那黑白线上，一个老头佝偻着腰从街的那头走过来，他用手巾提着一块豆腐，一只鸡一直跟着他，时不时在豆腐上啄一口。

山阳和汉阴

县城几乎都是靠河建，建在河北岸，因为天下衙门要朝南开的。山阳就在河之北，汉阴其实也在河之北，应该叫汉阳。

县城临河，当然不是一般小河，可能以前的水都是很大水，但现在到处都缺水了，河滩的石头窝里便长着草，破砖烂坯，塑料袋随风乱飞。改革年代，大城市的变化是修路盖房，小县城也效仿着，首先是翻新和扩建，干涸的或仅能支起列石的县河当然有碍观瞻，所以当一个县城用橡皮坝拦起水后，几乎所有的县城都起坝拦水。

除拦河聚水外，凡是县城都要修一个广场，地方大的修大的，地方小的修小的。广场上就栽一个雕塑，称作龙城的雕个龙，称作凤城的雕个凤，如果这个县城什么都不是，柿子出名，雕一个大柿子。还有，就在四面山头的树林子里装灯，每到夜晚，山就隐去，如星空下落。再是在河滨路上建碑林或放置巨石，碑与石上多是当地领导的题词，字都写得不好。店铺确实是多，门面虽小，招牌却大，北京有什么字号，省城就有什么字号，县城肯定也就有了。我看见过一处路边的公共厕所，一个门洞上画着一个烟斗，一个门洞上画着一个高跟鞋。

到山阳县城的那个晚上，雨下得很大，街上自然人不多，进一个小饭店去吃饭。老板正拿个拍子打苍蝇，拍子一举，苍蝇飞了，才放下拍子，苍蝇又在桌上爬。我问有没有包间，还有一个包间，关了门就没苍蝇了。但不停地有人推门，门一推，苍蝇又进来，似乎它一直就等在门口。

苍蝇烦人，这还罢了，隔壁包间里喝酒的声音很大，好像有十几个人吧，一直在议论着县上干部调整的事，说这次能空出八个职位来，××乡的书记这次是铁板上钉钉没问题了，也早该轮到他了，××镇长也内定了，听说在省上市上都寻了人，××副主任这几天跑疯了，跑有什么用呢，听说有人在告他，×××是最后一次机会了，再不把副的变成正的，今辈子就毕势了。后来又有人进了店，立即几个在恭喜，并嚷嚷：今日这饭菜钱你得出了！来人说：出呀，出！接着有人大声咳嗽着，似乎到店门外吐痰，看见了街上什么人，也喊着你来请客呀，并没喊得那人进来，他又回到包间说：狗日的××在街上哩，也不打伞，淋着雨。一人说：这次他到××部去呀？另一人说：听说是。那人说：我让他请喝酒，狗日的竟然说，低调，要低调。哈哈声就起，有人说：咳，啥时候咱也进步呀？

进步就是升迁。越是经济不发达，县城的餐饮业就红火，县城的工作难有起色，干部们越在谋算着升迁。每过一个时期，干部调整，就是县城最敏感最不安静的日子，饭店也便热闹起来。

我在包间里吃了两碗扁食，隔壁包间的人都醉了，有碗碟破碎声，有呕吐声，有争吵声，又有了哭声。我喊老板结账，老板进来，看着墙，说：怎么还有苍蝇？用手去拍，却哎哟叫起来，原来墙上的黑点不是苍蝇，是颗钉子。

我走出饭店，默默地从街上走，雨淋得衣服贴在了身上。在我前边有两个人，一个人低声说：这次你怎么样呀？另一个人竟高声起来，骂了一句：钱没少花，事没办成。

三天后去汉阴，汉阴正举办一个什么活动，广场上悬着许多气球，摆着各种颜色的宣传牌，可能是有省市的领导来了，警车开道，呜哇呜哇叫，一溜儿小车就在街巷里转过。

汉阴的饭是最有特点的，我打问着哪儿有农家乐，就去了城关的一个村子。村子被山围着，山下就是条小河，人家住得分散，但房子都是新修的，或者几个房子一簇卧在山脚，或者在河对面，一片树林子里露出瓷片砌出的白墙，或者就在河上栽桩架屋。来吃饭的人特别多，小路上来回的汽车掉不了头，堵塞在那里，乘客下车一边往里走，一边说：乡下真美！

我错开吃饭时间，独自往沟里走，房子也越来越旧了，在一户周围长满了竹子的屋舍前，见一个女孩儿在门前坐在小凳子上趴在大凳子上做作业。这户人家三间上房，两间厦房，厦房对面是猪圈和厕所。我走近去，朝开着门的上房里张望，想看看里边的摆设，女孩儿却说：你不要进去。房里是有一个炕，炕上和衣侧睡着一个妇女。我说：你妈在睡觉？女孩儿说：不是我妈，是我大的情人。女孩儿的话让我吃了一惊，再问她话时，她一句也不愿意给我说了。

我终于在一家"农家乐"里吃上了饭，问起老板那女孩儿家的事，才知道女孩儿的妈三年前去西安打工，再没有回来，也没有任何音讯。吃毕了饭出来，却看见远远的河边，那个女孩儿在洗衣裳，棒槌打下去已经起来了，才发出啪啪响声，她不停地捶打，动作和声音总不和谐。

岚　皋

几年前来过，是腊月底了吧，我们驱车从山顶草甸回县城，天已经黑了，每过一个沟岔，沟岔里都三户四户人家，车灯照去，路边时不时就有女子行走，极时髦漂亮，当时吃惊不小，以为遇见了鬼。回到县城说起这事，宾馆的经理就笑了，说那不是鬼，是在上海打工的女子回来过年了，如果是白天，你到处都能看见呢。岚皋山里的女子都长得好，最早有人去上海打工，后来一个带一个，打工的就全在了上海，在上海待过半年，气质变化，比城里人还要像城里人。经理说：唉，好女子都给上海养了！

这一次来岚皋，再也没见到时髦漂亮的女子，但桃花正开。漫山遍野里都能看到桃花，黛紫色的树枝上，还没长出叶子，花朵一开一疙瘩，特别地粉，像是人工做上去的。

县河里常有桃花瓣流过。

岚皋人好酒，在这季节喜欢用桃花苞蕾泡酒，酒有一种清香。

街道上常有大卡车开过，车上装着树，都是大树，一车只能装一棵。还有的车上装着石头，石头比一间房还要大。这些车都是从西安来的。

西安要打造园林城市，街道两旁都要栽大树的，而且住宅小区，又兴了在小区门口要堆一块巨石，西安的树贩子和石贩子就来到岚皋。树的价钱不低，石头却不用花钱，发现了一块，乡下人可以帮忙去抬到河岸，可以挣很多工钱。如果需要修路，修路有修路钱，修了路，路是拿不走的，就留下了。

乡下人到城里去打工，乡下的树和石头也要到城里去。去城里当然好啊，但城里的汽车尾气多，而且太嘈吵，不知道能不能适应。

离开岚皋时，在县城外的山弯处，有一户人家在推石磨，那么多的苞谷在磨盘顶上，很快从磨眼儿里溜下去没了，再把一堆苞谷倒到磨盘顶上，又很快没了。我突然就笑了：石磨是最能吃的。

峦 庄

去峦庄是看见路边有去峦庄的指示牌，又觉得这名字怪怪的，就把车拐进去，在一个山沟深入。

路是乡级路，年前秋里又遭水灾，好多路段还没修好，车吭吭唧唧走了一小时，天就黑了。只估摸峦庄是个镇吧，长得什么样，又有多么远，却一概不知。翻过一座大山，又翻过一座大山，后来就在沟岔里绕来绕去。夜真是瞎子一样地黑，看不见天，也看不见了山，车灯前只是白花花路，像布带子，在拉着我和车，心里就恐怖起来。走着走着，发现了半空中有了红点，先还是一点两点，再就是三点四点，末了又是一点两点。以为是星星，星星没有这红颜色呀，在一个山脚处才看到一户屋舍门上挂着灯笼，才明白那红点都是灯笼，一个灯笼一户人家，人家都分散在或高或低的山上。

又是一段路被冲垮了，车要屁股撅着下到河滩，又从河滩里憋着劲冲到路基上，就在路基边有两双鞋。停了车，下来在车灯光照下看那鞋，鞋是花鞋，一双旧的，一双新的。将那新鞋拿到车上了，突然想，这一定是水灾时哪个女孩被水冲走了，今日可能是女孩儿生日，父母特做了一

160

双新鞋又把一双旧鞋放在这里悼念的。立即又将那鞋放回原处，驱车急走，心就慌慌的，跳动不已。

半夜到了镇上，镇很小，只是个丁字街。街上没有路灯，人也少见，但一半的人家灯还亮着，灯光就从门里跌出来，从街口望过去，好像是铺着地毯，白地毯。镇上人你不招呼他了，他不理你，你一招呼他了，他就热情。在一户人家问能不能做顿饭吃，那个毛胡子汉子立即叫他老婆，他老婆已经睡了，起来就做饭。厨房里挂了六七吊腊肉，瓷罐里是豆豉，问吃不吃木耳，木耳当然要吃的，汉子就推门到后院，后院里架满了木棒，三个一支，五个一簇，木棒上全是木耳。但他并没有摘木棒上的木耳，却在篱笆桩上摘了一掬给我炒了吃。汉子说，峦庄是穷地方，只产木耳，他们就靠卖木耳过活的。这阵儿有鞭炮声，木耳先听见，它们听见了都不吱声，后来我听见了，说半夜里怎么放鞭炮，汉子说：给神还愿哩吧。

在镇的东头，有一个庙，不知道庙里供的什么神，鞭炮声就是从那儿传来的。而就在这户人家的斜对面，有一个窝进去的崖洞，洞里塑着三尊泥像，看过去，那里也有人在烧纸磕头。汉子说，那是三娘娘洞，镇上人家谁要求子，谁要禳病，谁的孩子要考学，谁要把木耳卖出去，都在那里许愿，三娘娘灵得很，有求必应，所以白日夜里人不断的。

正吃着饭，街上却有人在哭，汉子的老婆就出去了，过了好久回来，说是西头的王老五在打老婆了。汉子说：该打！我问：怎么是该打？汉子说王老五的老婆信基督，常把两岁的孩子放在地窖里就去给基督唱歌了，今日下午王老五才从县城打工回来，是不是又去唱歌不做饭不管娃了？那老婆说，是为钱。王老五在苞谷柜里藏了五十元钱，回来再寻寻不着，问他老婆，他老婆说捐给教会了，王老五就把他老婆在街上攥着打。

峦庄镇上有两个旅社，一处住满了人，一处还有两间房子，但床铺太肮脏，我就决定返回。车又钻进了黑夜里，黑夜还是瞎子一样地黑，但一路上还是有这儿那儿、高高低低的光点，使我分不清那是山里人家门口的灯笼还是天上的星星。

白浪街

　　丹江流经竹林关，向东南而去，便进入了商南县境。一百十一里到徐家店，九十里到梳洗楼，五里到月亮湾，再一十八里拐出沿江第四个大湾川到荆紫关、淅川、内乡、均县、老河口。汪汪洋洋九百九十里水路，山高月小，水落石出。船只是不少的，都窄小窄小，又极少有桅杆竖立，偶尔有的，也从不见有帆扯起来。因为水流湍急，顺江而下，只需把舵，不用划桨，便半天一晌，"轻舟已过万重山"了。假若从龙驹寨到河南西峡，走的是旱路，处处古关驿站，至今那些地方旧名依故，仍是武关、大岭关、双石关、马家驿、林河驿等等。而老河口至龙驹寨，则水滩甚多，险峻而可名的竟达一百三十多处！江边石崖上，低头便见纤绳磨出的石渠和纤夫脚踩的石窝。虽然山根石皮上的一座座镇河神塔都差不多坍了半截，或只留有一堆砖石，那夕阳里依稀可见苍苔缀满了那石壁上的"远源长流"字样。一条江上，上有一座"平浪宫"在龙驹寨，下有一座"平浪宫"在荆紫关，一样的纯木结构，一样的雕梁藏栋。破除迷信了，虽然再也看不到船供养着小白蛇，进"平浪宫"去供香火，三磕六拜，但在弄潮人的心上，龙驹寨、荆紫关是最神圣的地方。那些上了年纪的船公，每每摸弄着五趾分开的大脚，就夸说："想当年，我和你爷从龙驹寨运苍术、五倍子、木耳、漆油到荆紫关，从荆紫关运火纸、黄表、白糖、苏木到龙驹寨，那是什么情景！你到过龙驹寨吗？到过荆紫关吗？荆紫关到了商州的边缘，可是繁华地面呢！"

荆紫关确是商州的边缘，确是繁华的地面。似乎这一切全是为商州天造地设的，一闪进关，江面十分开阔。黄昏中平川地里虽不大见孤烟直长的景象，落日在长河里却是异常地圆。初来乍到，认识为之改变：商州有这么大平地！但江东荆紫关，关内关外住满河南人，江西村村相连，管道纵横，却是河南、湖北口音，唯有到了山根下一条叫白浪的小河南岸街上，才略略听到一些秦腔呢。

这街叫白浪街，小极小极的。这头看不到那头，走过去，似乎并不感觉这是条街道，只是两排屋舍对面开门，门一律装板门罢了。这里最崇尚的颜色是黑白：门窗用土漆刷黑，凝重、锃亮，俨然如铁门钢窗，家里的一切家什，大到柜子、箱子，小到罐子、盆子，土漆使其光明如镜，到了正午，你一人在家，家里四面八方都是你。日子富裕的，墙壁要用白灰搪抹，即使再贫再寒，那屋脊一定是白灰抹的，这是江边人对小白蛇（白龙）信奉的象征。每每太阳升起，空间一片迷离之时，远远看那山根，村舍不甚清楚，那错错落落的屋脊就明显出对等的白直线段。烧柴不足是这里致命的弱点，节柴灶就风云全街，每一家一进门就是一个砖砌的双锅灶，粗大的烟囱，如"人"字立在灶上，灶门是黑，烟囱是白。黑白在这里和谐统一，黑白使这里显示亮色。即使白浪河，其实并无波浪，更非白色，只是人们对这一条浅浅的满河黑色碎石的沙河的理想而已。

街面十分单薄，两排房子，北边的沿河堤筑起，南边的房后就一片田地，一直到山根。数来数去，组成这街的是四十二间房子，一分为二，北二十一间，南二十一间，北边的斜着而上，南边的斜着而下。街道三步宽，中间却要流一道溪水，一半有石条棚，一半没有棚，清清亮亮，无声无息，夜里也听不到响动，只是一道星月。街里九棵柳树，弯腰扭身，一副媚态。风一吹，万千柔枝，一会打在北边木板门上，一会刷在南边方格窗上，东西南北风向，在街上是无法以树判断的。九棵柳中，位置最中的，身腰最弯的，年龄最古老而空了心的是一棵垂柳。典型的粗和细的结合体，桩如桶，枝如发。树下就仄卧着一块无规无则之怪石。既伤于观赏，又碍于街面，但谁也不能去动它。那简直是这条街的街徽。重大的集会，这石上是主席台，重要的布告，这石上的树身是张贴栏，就是民事纠纷，起咒发誓，也只能站在石前。

就是这条白浪街，陕西、河南、湖北三省在这里相交，三省交界，界碑就是这一块仄石。小小的仄石竟如泰山一样举足轻重，神圣不可侵犯。以这怪石东西直线上下，南边的是湖北地面，以这怪石南北直线上下，北边的街上是陕西，下是河南。因为街道不直，所以街西头一家，三间上屋属湖北，院子却属陕西，据说解放以前，地界清楚，人居杂乱，湖北人住在陕西地上，年年给陕西纳粮，陕西人住在河南地上，年年给河南纳粮。如今人随地走，那世世代代杂居的人就只得改其籍贯了。但若查起籍贯，陕西的为白浪大队，河南的为白浪大队，湖北的也为白浪大队，大凡找白浪某某之人，一定需要强调某某省名方可。

一条街上分为三省，三省人是三省人的容貌，三省人是三省人的语言，三省人是三省人的商店。如此不到半里路的街面，商店三座，座座都是楼房。人有竞争的禀性，所以各显其能，各表其功。先是陕西商店推倒土屋，一砖到顶修起十多间一座商厅；后就是河南弃旧翻新堆起两层木石结构楼房；再就是湖北人，一下子发奋起四层水泥建筑。货物也一家胜筹一家，比来比去，各有长短，陕西的棉纺织品最为赢，湖北以百货齐全取胜，河南挖空心思，则常常以供应短缺品压倒一切。地势造成了竞争的局面，竞争促进了地势的繁荣，就是这弹丸之地，成了这偌大的平川地带最热闹的地方。每天这里人打着旋涡，四十二户人家，家家都做生意，门窗全然打开，办有饭店、旅店、酒店、肉店、烟店。那些附近的生意人也就担筐背篓，也来摆摊，天不明就来占却地点，天黑严才收摊而回，有的则以石围圈，或夜不归宿，披被守地。别处买不到的东西，到这里可以买，别处见不到的东西，到这里可以见。"小香港"的名声就不胫而走了。

三省人在这里混居，他们都是炎黄的子孙，都受共产党的领导，但是，每一省都不愿意丢失自己的省风省俗，顽强地表现各自的特点。他们有他们不同于别人的长处，他们也有他们不同于别人的短处。

湖北人在这里人数最多。"天有九头鸟，地有湖北佬"，他们待人和气，处事机灵。所开的饭店餐具干净，桌椅整洁，即使家境再穷，那男人卫生帽一定是雪白雪白，那女人的头上一定是纹丝不乱。若是有客稍稍在门口向里一张望，就热情出迎，介绍饭菜，帮拿行李，你不得不进去吃喝，似乎你不是来给他"送"钱的，倒是来享他的福的。在一张八仙桌前坐下，先喝茶，再吸烟，问起这白浪街的历史，他一边叮叮咣咣刀随案板响，一边说了三朝，道了五代。又问起这街上人家，他会说了东头李家是几口男几口女，讲了西头刘家有几只鸡几头猪，忍不住又自夸这里男人义气，女人好看。或许一声呐喊，对门的窗子里就探出一个俊脸儿，说是其姐在县上剧团，其妹的照片在县照相馆橱窗里放大了尺二，说这姑娘好不，应声好，就说这姑娘从不刷牙，牙比玉白，长年下田，腰身细软。要问起这儿特产，那更是天花乱坠，说这里的火纸，吃水烟一吹就着；说这里的瓷盘从汉口运来，光洁如玻璃片，结实得落地不碎，就是碎了，碎片儿刮汗毛比刀子还利；说这里的老鼠药特有功效，小老鼠吃了顺地倒，大老鼠吃了跳三跳，末了还是顺地倒。说的时候就拿出货来，当场推销。一顿饭毕，客饱肚满载而去，桌面上就留下七元八元的，主人一边端着残茶出来顺门泼了，一边低头还在说：照看不好，包涵包涵。他们的生意竟扩张起来，丹江对岸的荆紫关码头街上有他们的"租地"，虽然仍是小摊生意，天才的演说使他们大获暴利，似乎他们的大力丸，轻可以治痒，重可以防癌，人吃了有牛的力气，牛吃了有猪的肥膘，似乎那代售的避孕片，只要和在水里，人喝了不再多生，狗喝了不再下崽，浇麦麦不结穗，浇树树不开花。一张嘴使他们财源茂盛，财源茂盛使他们的嘴从不受亏，常常三个指头高擎饭碗，将面条高挑过鼻，沿街吸吸溜溜地吃。他们是三省之中最富有的公民。

河南人则以能干闻名，他们勤苦而不恋家，强悍却又狡狯。靠山吃山，靠水吃水，大人小孩没有不会水性的。每三日五日，结伙成群，背了七八个汽车内胎逆江而上，在五十里、六十里的地方去买柴买油桐籽。柴是一分钱二斤，油桐籽是四角钱一斤。收齐了，就在江边啃了干粮，喝了生水。憋足力气吹圆内胎，便扎柴排顺江漂下。一整天里，柴排上就是他们的家，丈夫坐在排头，妻子坐在排尾，孩子坐在中间。夏天里江水暴溢，大浪滔滔，那柴排可接连三个、四个，一家几口全只穿短裤，一身紫铜色的颜色，在阳光下闪亮，柴排忽上忽下，好一个气派！到了春天，江水平缓，过姚家湾、梁家湾、马家堡、界牌滩，看两岸静峰峭峭，赏山峰林木森森，江心的浪花雪白，崖下的深潭黝黑。遇见浅滩，就跳下水去连推带拉，排下湍流，又手忙脚乱，偶尔排撞在礁石上，将孩子弹落水中，父母并不惊慌，排依然在走，孩子眨眼间冒出水来，又跳上排。到了最平稳之处，轻风徐来，水波不兴，一家人就仰躺排上，看天上水纹一样的云，看地上云纹一样的水，醒悟云和水是一个东西，只是一个有鸟一个有鱼而区别天和地了。每天一湾，湾里都有人家，江边有洗衣的女人，免不了评头论足，唱起野蛮而优美的歌子，惹得江边女子掷石大骂，他们倒乐得快活，从怀里掏出酒来，大声猜拳，有喝到六成七成，自觉高级干部的轿车也未必柴排平稳，自觉天上神仙也未必他们自在。每到一个大湾的渡口，那里总停有渡船，无人过渡，船公在那里翻衣捉虱，就喊一声："别让一个溜掉！"满江笑声。月到江心，柴排靠岸，连夜去荆紫关拍卖了，柴是一斤二分，油桐籽五角一斤；三天辛苦，挣得一大把票子，酒也有了，肉也有了，过一个时期"吃饱了，喝胀了"的富豪日子。一等家里又空了，就又逆江进山。他们的口福永远不能受损，他们的力气也是永远使用不竭。精打细算与他们无缘，钱来得快去得快，大起大落的性格，使他们的生活大喜大悲。

陕西人，固有的风格使他们永远处于一种中不溜的地位。勤劳是他们的本分，保守是他们的性格。拙于口才，做生意总是亏本，出远门不习惯，只有小打小闹。对于河南、湖北人的大吃大喝，他们并不眼馋，看见河南、湖北人的大苦大累反倒相讥。他们是真正的安分农民，长年在土坷垃里劳作。土地包产到户后，地里的活一旦做完，油盐酱醋的零花钱来源就靠打些麻绳了。走进每一家，门道里都安有拧绳车子，婆娘们盘腿而坐，一手摇车把，一手加草，一抖一抖的，车轮转的是一个虚的圆团，车轴杆的单股草绳就发疯似的肿大。再就是男子们在院子里开始合绳：十股八股单绳拉直，两边一起上劲，长绳就抖得眼花缭乱，白天里，日光在上边跳，夜晚里，月光在上边碎，然后四股合一条，如长蛇一样扔满了一地。一条绳交给国家收购站，钱是赚不了几分，但他们个个身宽体胖，又年高寿长。河南人、湖北人请教养身之道，回答是：不研究行情，夜里睡得香，心便宽；不心重赚钱，茶饭不好，却吃得及时，便自然体胖。河南、湖北人自然看不上这养身之道，但却极愿意与陕西人相处，因为他们极其厚道，街前街后的树多是他们栽植，道路多是他们修铺，他们注意文化，晚辈里多有高中毕业，能画中堂上的老虎，能写门框上的对联，清夜月下，悠悠有吹箫弹琴的，又是陕西人氏。"宁叫人亏我，不叫我亏人"，因而多少年来，公安人员的摩托始终未在陕西人家的门前停过。

三省人如此不同，但却和谐地统一在这条街上。地域的限制，使他们不可能分裂仇恨，他们各自保持着本省的尊严，但团结友爱却是他们共同的追求。街中的一条溪水，利用起来，在街东头修起闸门，水分三股，三股水打

171

起三个水轮，一是湖北人用来带动轧面机，一是河南人用来带动轧花机，一是陕西人用来带动磨面机。每到夏天傍晚，当街那棵垂柳下就安起一张小桌打扑克，一张桌坐了三省，代表各是两人，轮换交替，围着观看的却是三省的老老少少，当然有输有赢，友谊第一，比赛第二。月月有节，正月十五，二月初二，五月端午，八月中秋，再是腊月初八，大年三十，陕西商店给所有人供应鸡蛋，湖北商店给所有人供应白糖，河南商店就又是粉条，又是烟酒。票证在这里无用，后门在这里失去环境。即使在"文化大革命"中，各省枪声炮声一片，这条街上风平浪静：陕西境内一乱，陕西人就跑到湖北境内，湖北境内一乱，湖北人就跑到河南境内。他们各是各的避风港，各是各的保护人。各家妇女，最拿手的是各省的烹调，但又能做得三省的饭菜。孩子们地道的是本省语言，却又能精通三省的方言土语。任何一家盖房子，所有人都来"送菜"，送菜者，并不仅仅送菜，有肉的拿肉，有酒的提酒，来者对于主人都是帮工，主人对于帮工都待如至客。一间新房便将三省人扭合在一起了。一家姑娘出嫁，三省人来送"汤"，一家儿子结婚，新娘子三省沿家磕头作拜。街中有一家陕西人，姓荆，六十三岁，长身长脸，女儿八个，八个女儿三个嫁河南，三个嫁湖北，两个留陕西，人称"三省总督"。老荆五十八岁开始过寿日，寿日时女儿、女婿都来，一家人南腔北调语音不同，酸辣咸甜口味有别，一家热闹，三省快乐。

　　一条白浪街，成为三省边街，三省的省长他们没有见过，三县的县长也从未到过这里，但他们各自不仅熟知本省，更熟知别省。街上有三份报纸，流传阅读，一家报上登了不正之风的罪恶，秦人骂"瞎髅"，楚人骂"操蛋"，豫人骂"狗球"；一家报上刊了振兴新闻，秦人说"燎"，楚人叫"美"，豫人喊"中"。山高皇帝远，报纸却使他们离政策近。只是可惜他们很少有戏看，陕西人首先搭起戏班人，湖北人也参加，河南人也参加，演秦腔，演豫剧，演汉调。条件差，一把二胡演过《血泪仇》，广告色涂脸演过《梁秋燕》，以豆腐包披肩演过《智取威虎山》，越闹越大，《于无声处》的现代戏也演，《春草闯堂》的古典戏也演。那戏台就在白浪河边，看的人人山人海。一时间，演员成了这里头面人物，每每过年，这里兴送对联，大家联合给演员家送对联，送的人庄重，被送的人更珍贵，对联就一直保存一年，完好无缺。那戏台两边的对联，字字斗般大小，先是以红纸贴成，后就以红漆直接在门框上书写，一边是"丹江有船三日过五县"，一边是"白浪无波一石踏三省"，横额是"天时地利人和"。

一个有月亮的渡口

在商州的山里，我跋涉了好多天，因为所谓的"事业"，还一直在向深处走。"鸡声茅店月，人迹板桥霜"，身心已经是十二分的疲倦，怨恨人世上的路竟这么漫长，几十里，几十里，走起来又如此的艰难呢！且喜的是月亮夜夜在跟随着我，我上山，它也上山，我下沟，它也下沟，它是我的伙伴，才使难熬的旅途不至于太孤单、太凄凉了。

一日，我走到丹江的一个岸口，已经是下午的四点，懒散在一片乱石之中，将鞋儿、袜儿全部脱去，仰身倒下去痴痴地看那天的一个狭长的空白。这时候，一仄头，蓦地就看见黑黑的一片云幕上，月亮又出现了：上弦的，清清白白，比往日略略细了些，又长了些。啊，可爱的月，艰辛的旅途也使你瘦得多了，今日是古历的十五，你怎么还没有满圆呢？

"啊，月亮升得这么早！"

"它永远都在那个地方呢！"

说话的是从我身边走过的一位山民。我疑惑地坐起来，细细看时，脸就发烧了。原来这月亮并不在天上，而实实在在是嵌在山上的。江面是想象不来的狭窄，在这三角形状的岸边，三面的山峰却是那样的高，最陡最陡的南岸崖壁似乎是插着的一扇顶天立地的门板，就在那三分之二的地方，崖壁凹进一个穴窟，出奇地竟是白色，俨然一柄破云而出的弯月了。

"这是什么地方？"我急急地问。

"月亮湾渡口。"

渡口，又这么神话般的名字，我禁不住又喜欢起来了。沿丹江下来，还没有遇见过正正经经的渡口。早听人讲，丹江一带这荒野的山地，渡口不仅仅是为了摆渡，而是一个最好的安乐处，船只在这里停泊，旅人在这里食宿，物产在这里云集。这石崖上的月亮，便一定是随我走了多日的月亮，或许这里是它的窝巢，它是早早就奔这里来了，回来在这里等着我了。

我住了下来。

渡口，山民们所夸道的繁华处，其实小得可怜。南岸和北岸的黑石崖上，用凿子凿出十级、二十级的台阶，便是入水口。每一个台阶，被水的浸蚀呈现出每一种颜色。山根下的树丫上架着泥土和草根，甚至还有碗口大的石头，显示着江水暴溢的高度。一只船也仅仅是这一只船，没有舱房，也没有桅杆，一件湿淋淋的衣服用竹竿撑在那里晾晒，像是一面小小的旗子。两岸的石嘴上拉紧了一条粗粗的铁线，控制着船的往来。一条公路在这里截断，南来的汽车停在南岸，北来的汽车停在北岸，旅客们须在这里吃饭休息，方调换着坐车而去。北岸的山腰上就有了一片房子，房子的主人都是些山民，又都是些店员，家家开有旅社、饭店。一家与一家的联系，就是那凿出的石阶路。屋基沿着一处石坎筑起，而再垒几个石柱儿一直到门框下，架上木板，这便是唯一的出路了。白日里，江面的水气浮动着，波色水影投映在每所房子的石墙上，幻化出瞬息万变的银光。一到夜里，江水的潮气浸了石墙，房子的灯光却一道一道从窗口铺展到江心，像是醉汉在那里蒙蒙眬眬蹒跚不已了。

我住下了两天，尽量将息着自己的疲倦，每每黄昏时分，就双手支着脑袋从窗口往江面看。南北调换的班车早已开走了，他们将大把的钱币放在各家的柜台上，将粪便拉在茅房里，定时的热闹过去了，渡口上又处于一种死一般的寂静。各家的主人都蹲在门口，悠悠地吸烟，店门却是不关的，灶口的火也是不熄的，他们在等待着从四面八方来赶明日班车的客人，更是在等待着从丹江上游撑柴排而来的水手们，这些人才真是他们的财神爷。果然，峡谷里开始有了一种嗡嗡嘤嘤的声音，有人便锐声叫道："柴排下来了！"不一会儿，那山弯后的江面上就出现无数的黑点，渐渐大了，是一溜一串的柴排。这全是些下游的河南人，两天前逆江而上，在深山里砍了柴火，扎成排顺江而下，要在这里住上一夜，第二天再撑回山外去的。撑排人就大声吆喝着，将柴排斜斜地靠了岸，用一条葛条在岸上的石头上系了，就披着夹袄跳下排，提着空酒葫芦上山来了。

我太是迷恋了这个渡口，每天看着班车开来了，又开走了，下午柴排停泊了，第二天醒来江面又一片空白。后来就十分欣赏起渡口的云雾了。这简直是奇迹一般，早晨里，那水雾特别大，先是从江边往上袅袅，接着就化开来，虚幻了江岸的石崖，再往上，那门板一样的南崖壁就看不见了，唯有那石月白亮亮地显出来，似乎已经在移动了。当太阳出来的时候，峡谷里立即变成各种形态不一的光的棱角，以山尖为界，有阳光的是白的棱角，没太阳的是黑的棱角。直到正午，一切又都化作乌有。而近傍晚，从江面上却要升腾起一种蓝色火焰一样的蒸汽。这时候，停泊在渡口的大船一摆渡，平静的江里看得见船的吃水的部分，水波抖起来，出现缓缓地失去平衡的波动，那两岸系着的柴排就一起一伏，无声地晃动。我最注意的是此时江心中的那个石月的倒影，它竟静静地沉在水里，撑排人总是划着排追逐着它，上水和下水的地方，几乎同时有好多人在喊着：月亮在这儿！月亮在这儿！

是的，月亮是在这儿，我在这里停歇下来了，它也在这里停歇下来了，日日夜夜，一推开窗子，它就在我的眼中了。看着月亮，我想起了千里之外的家，想起了家中的娇妻弱女，我后悔我为什么要跑这么远的路程。我又是多么感激起这个渡口了，竟使我懂得了疲倦，懂得了安谧！

但是，店主人已经是第三次地催我走了。

"懒虫！"她说，"还没见过你这样的人呢！我们这里是过路店，可不是疗养所啊，你是要来招女婿？"

我脸红红的。我也明白了她的意思：在这个村子里，山坡最上的那一家，有一个漂亮的女子，专卖酒和烟的，但却不开旅社留客。她爹是一个瞎子，每天却比有眼睛的还精灵，可以从那仄仄的石阶路上走到江边舀水，到屋后坡上抱柴。卖酒的时候，又偏要端坐在酒柜台后，用全是白的眼睛盯着一个地方。那女子招呼着打酒，声音脆脆的，客人常就端了酒碗在她家一口一口地喝，邀她喝，她也喝，邀她打扑克，她也打，大声说笑，当客人们偷眼儿看她的时候，她会大着胆子用亮亮的眼睛对视，便使客人们再不敢有什么心思了。她家每天卖出的酒最多，但并没有引出不光彩的事来。我曾和我的店主人说起她，她说这女子能掌握住人，尤其是男人，是当将军的材料，至少可以当个领导。

"瞧你这样子，能占了她的便宜吗？收了那份心吧！"

店主人不时戏谑着我，我感到了厌烦，只好搬出她家，又住在另一家店去了。

夜里，又是一群撑排人上了山，歇在了隔壁那家的旅社里，他们是一群年纪不大也不小，相貌不美也不丑的男人。一进那旅社里，就大声吵闹着喝酒。乘着酒兴，话说得又特别多，谈这次进山的奇遇，谈水路上的风险，有的就骂起来，说他们的腰疼、腿疼，这山上、水上的活计就不是人干的。末了，是醉了，又哭又笑，满口的粗话，接着是吐字不清的喃喃，渐渐响起打雷一般的鼾声了。

我却没有睡着，想这些撑排人，在他们的经历中，一定是有着不可描述的艰辛：野兽的侵犯，山林的滚坡，江水的颠簸，还有那风吹雨淋，挨饥受饿……他们是劳力者，生命是在和自然的搏斗中运动。而我，为了所谓的"事业"，在无休无止的斗争中和噩梦般的生活旋涡里沉浮……

我们都是十分疲倦了的人，汇集在丹江的一个渡口上，凭着渡口的旅社，作着一种身心的偷闲，凭着渡口旅社的酒，消磨着这征途的时光，加速着如此漫长的人生。但愿他们今夜睡得安稳，做一个好梦，也但愿我再不被噩梦惊醒，睡得十分香甜吧。

但是，天未明的时候，一阵粗野的喊声从江边传来："王来子，快起来吧！人家排都撑走了，你还睡不死吗？那床上有你老婆吗？"

隔壁的旅社窗子开了，有了回答声："你催命吗？天还早哩，急着去丹江口漂尸吗？这儿多好的地方！"

"再好，是久待的地方？！你要死在这儿，就不叫你走了！"

隔壁的王来子一边小声骂着把扣子扣歪了，又嘟囔着去那家女子酒店敲门。江下又喊了："你还丢心不下那小娘儿吗？你个没皮没脸的东西！"

"我去打些酒。"

"河里的鱼再大，也没有碗里的小鱼好啊，不要脸的来子！"

他们互相骂着下到江里了。水雾中，各人解开了柴排上的葛条系绳，跳了上去，一声叫喊，十个八个柴排连成一起向江下撑去。到了渡口下的转弯地方，河水翻着白浪，两岸礁石嶙嶙，柴排开始左冲右撞起来，他们手忙脚乱，叫喊着："向左！向右！"竹篙便点，柴排一会儿浮起老高，一会儿落得很低，叫喊声就轰轰地在峡谷里回响。看着那有如此力量去奋争，有力量去上路的柴排和撑排人，我突然理解了他们：他们或许不是英雄，却实实在在地不是一群无聊的酒鬼，在这条江上，风风雨雨使他们有了强硬的身骨，也同时有了一股雄壮的气魄，他们是一群生活的真正强者。那柴排的一路远去和叫喊声的沉沉传来，充满了多么生动的节奏和高雅的乐趣啊！而顿时感到了自己内心的一种若有所失的空虚。

我呆呆地趴在窗口上，一抬头，又看见那石壁上的月亮了。月亮还在那里，一个清清白白的上弦。噢，当我出发到商州来的时候，月亮是半圆的，走了这么多的日子，在这里又待了这么长的时间，它还是这个半圆，它难道是死去了吗？月有阴晴圆缺，由圆到缺由缺到圆，一天一天更新着世界的内容，难道它现在终止了时间的进速，永远给我的将不是一个满圆吗？！

吃过早饭，我走掉了。

不是沿着来路返回，而是开始了向着海一般深的山中又走我的路了。心里在说：在商州的丹江，一个有月亮的渡口，一个年轻人真正懂得了渡口——它是人在艰难困苦的旅途上的一次短暂的停歇，但短暂的停歇是为了更快地进行新的远征。

游了一回龙门

千里黄河，陡然紧束，前边就是龙门吗？多少个年年月月听说着鲤鱼化龙的传奇，多少个日日夜夜梦想着大禹疏通的险关，全没想到因事赴了韩城，在黄河岸上正百无聊赖地漫走，路人竟遥指龙门便在前头。觅寻时经历了艰辛苦难，到来却是这样地突然，不期然而然的惊喜粉碎了我的心身，我自信我们的会见是有神使和鬼差，是十二分地有缘。为了这一天的会见，我等待了三十七个春秋，龙门，也一定是在等待着我吧，等待得却是这么天长地久。

我是个呆痴而羞怯的人，我从不莽撞撞地走进任何名胜之地，在兰州和佳县我曾经多次远看过黄河，惊涛裂岸也裂过我的耳膜，但我只是远看，默默地缩伏在一块石头上无限悲哀。现在，我却热泪满面，跪倒在沙石起伏的黄河滩上，兴奋得身子抖动，如面前的一丛枯干的野蒿，我

183

听得出我的身子同风里的野蒿一起颤响着泠泠的金属声。我从来没有这样地勇敢，吼叫着招喊河中的汽船，我说，我要到龙门去！

　　时已暮色苍茫，正是游龙门的气氛，汽船载着我逆流而上，汽船像是也载不动我巨大的兴奋，步履沉沉，微微摇闪，几乎要淹没了船舷。河水依然是铜汁般地黏滞，它虽在龙门之外的下游肆漫了成里的宽度而汹汹涌涌，在这峡谷中却异常平静，大智到了大愚之状，看不到浪花，也看不到波涛，深沉得只是漠漠下移，呈现出纵横交织了的斜格条纹。这格纹如雕刻上去一般，似乎隔着船也能感觉到它的整齐的棱坎。间或，格纹某一处便衍化开来，是从下往上翻，但绝不扬波溅沫，只是像一朵铜黄的牡丹在缓缓地开绽。无数的牡丹开绽，却无论如何不能数清，希冀着要看那花心的模样，它却又衍化为格纹，唯有一溜一溜的酒盅般大的漩涡无声地向船头转来，又向船后转去，便疑心这是一排排铁打的铆钉在固守了这水面，黄河方没有暴戾起来。两岸的峡壁愈来愈窄，犹如要挤拢一般，且高不可视，恨不得将头背在脊上。那庞然的危石在摇摇欲坠，像巨兽在热辣辣地眈视你，又像是佛头在冷眼静观你。峡谷曲拐绕转，一曲一景，却不知换景在什么时候什么地方，我不禁想到了那打开的一幅古画长卷，更想到了农家麦场上的那一夜古今的闲聊。正这么思想，峡壁已失却了那刀切的光洁，乃一层一层断裂为方块，整齐如巨砖砌起。而逼我大呼小叫的是那砖砌的壁墙上怎么就生长了那么高大的一株古树，这是万年物事吗？能看清它的粗桩和细枝，却全然没有叶子，将船靠近去，再靠近，却原来是峡壁裂开了一条巨缝，那石缝的一块尖石上正坐着一头同样如石头的黑鸟。这奇景太使人惊恐，或许是因为吓唬了我，随之而来的则是数百米长的大小不一、错落有序的凹凸壁，惟妙惟肖的是佛龛群了。我去过敦煌，我也去过麦积山，但敦煌和麦积山哪里有这般地壮观和萧森？我完全将此认作佛的法界了，再不敢大声说笑，亦不敢轻佻张狂，佛的神圣与庄严使我沉静，同时感到了一种说不出的平和和亲近。船继续往上行，峡谷窄到了一百米、八十米、六十米，水面依然平静，自不知了是水在移还是船在移？峡峰多为锯齿形了，且差不多峰起双层，里层的峰与外层的峰错位互补，想，若站在外层峰上下视船行，一定是前峰见船首，后峰见船尾了。恰恰一柱夕阳腐蚀了外层峰顶，金光耀眼，分外灿烂，坐船头看外层金黄的峰头与里层的苍黑的峰头，一个向前蹿一个向后遁，峡峰变成了活动体。如此大观，我看得如痴如醉，倏忽间有蓝色的雾从峡根涌出，先是一团一缕，后扯得匀匀细细充融满谷，顿时感到鼻口发呛，头发上脸面上湿漉漉地潮起水沫了。忽然峡谷阴暗起来，但同时仍在峡谷的另一处却泛起光亮，原来船正靠着一边的峡岸下通过，惊奇的是阴暗和光亮的界线是那么分明，它们是立体的几个大三角形，将峡谷的空间——分割了。我明明知道这是光之所致，却不自觉地弯下了身子，担心被那巨大的黑白三角割伤，船工们却轰然告我：龙门已进了！

龙门，这就是龙门吗？！传说里黄河的鲤鱼一生下来就做着一个伟大的梦想往这里游，游到这里就可以化龙，那么，有多少游到了这里实现了抱负，又有多少牺牲了，半途而废了，完成了一个悲壮的形象？今日我也来到了龙门，龙在哪里呢？神话中有龙宫，龙宫有龙王也有龙女，不知洞庭湖的龙与黄河的龙是否一家，那让我做个传书的柳毅多好啊！不不，我进了龙门，我也要成龙了，我就是一条游龙，多自在，多得意啊！瞧高空上有云飞过，正驮着奇艳的落霞，这云便是翔凤了。有游龙与翔凤，天地将是多么丰富，一阴一阳，相得益彰，煌煌圆满，山为之而直上若塔，水为之乃远源长流，大美无言地存留在天地间了。

汽船终究是扭转了船头要顺流归返了，我的身子随船而下，我的心我的灵魂却永远驻恋在了龙门。试想过多少多少年，或许我已经垂垂暮老，或许我身躯早已不复存在，而更多更多的后来人到此，他们又是会看到夜空的星子静照河面，就知道那是我深情的永不疲倦的眼睛。风在峡谷回鸣，那也是我的心声，他们听得懂是我沉沉地抒发着三十七年里来得太晚的遗憾和寻见了我应寻见的企望的礼赞。那靠近水面的石壁上腐蚀斑驳的图案，他们也读得懂是我感念这次辉煌会见的画幅和诗篇，他们更以此明白，那汽船并不是船而是我踏水走来的巨鞋，或者醒悟进入龙门的十多里黄河之所以平稳，将波澜深藏，那格纹正是我来时走过的印有牡丹的绒毯。他们一定会记住一九八九年十月三十日有一个叫贾平凹的学子到此一游，从此他再不消沉，再不疲软，再不胆怯，新生了他生活和艺术的昭昭宏业。

进山东

第一回进山东，春正发生，出潼关沿着黄河古道走，同车里坐着几个和尚——和尚使我们与古代亲近——恍惚里，春秋战国的风云依然演义，我这是去了鲁国之境了。鲁国的土地果然肥沃，人物果然礼仪，狼虎的秦人能被接纳吗？深沉的胡琴从那一簇蓝瓦黄墙的村庄里传来，音韵绵长，和那一条并不知名的河，在暮色苍茫里蜿蜒而来又蜿蜒而去，弥漫着，如麦田上浓得化也化不开的雾气，我听见了在泗水岸上，有了"逝者如斯夫"的声音，从孔子一直说到了现在。

我的祖先，那个秦嬴政，在他的生前是曾经焚书坑儒过的，但居山高为秦城，秦城已坏，凿池深为秦坑，自坑其国，江海可以涸竭，乾坤可以倾侧，唯斯文用之不息，如今，他的后人如我者，却千里迢迢来拜孔子了。其实，秦嬴政在统一天下后也是来过鲁国旧地，他在泰山上祀天，封禅是帝王们的举动，我来山东，除了拜孔，当然也得去登泰山，只是祈求上天给我以艺术上的想象和力量。接待我的济宁市的朋友，说：哈，你终于来了！我是来了，孔门弟子三千，我算不算三千零一呢？我没有给伟大的先师带一束干肉，当年的苏轼可以唱"执瓢从之，忽焉在后"，我带来的唯是一颗头颅，在孔子的墓前叩一个重响。

一出潼关，地倾东南，风沙于后，黄河在前，是有了这么广大的平原才使黄河远去，还是有了黄河才有了这平原？哐唧哐唧的车轮整整响了一夜，天明看车外，圆天之下是铅色的低云，方地之上是深绿的麦田，哪里有紫白色的桐花哪里就有村庄，粗糙的土坯院墙，砖雕的门楼，脚步沉缓的有着黑红颜色而褶纹深刻的后脖的农民，和那叫声依然如豹的走狗——山东的风光竟与陕西关中如此相似！这种惊奇使我必然思想，为什么山东能产生孔子呢？那年去新疆，爱上了吃新疆的馕，怀里揣着一块在沙漠上走了一天，遇见一条河水了，蹲下来洗脸，"日"地将馕抛向河的上游，开始洗脸，洗毕时馕已顺水而至，捡起泡软了的馕就水而吃，那时我歌颂过这种食品，正是吃这种食品产生了包括穆罕默德在内的多少伟人！而山东也是吃大饼的，葱卷大饼，就也产生了孔子这样的圣人吗？古书上也讲，泰山在中原独高，所以生孔子。圣人或许是吃简单的粗糙的食品而出的，但孔子的一部《论语》能治天下，儒家的文化何以又能在这里产生呢？望着这大的平原，我醒悟到平原里黄天厚土，它深沉博大，它平坦辽阔，它正规，它也保守而滞板，儒文化是大平原的产物，大平原只能产生于儒文化。那么，老庄的哲学呢，就产生于山地和沼泽吧。

在曲阜，我已经无法觅寻到孔子当年真正生活过的环境，如今以孔庙孔府孔林组合的这个城市，看到的是历朝历代皇帝营造起来的孔家的赫然大势。一个文人，身后能达到如此的豪华气派，在整个地球上怕再也没有第二个了。这是文人的骄傲。但看看孔子的身世，他的生前恓恓惶惶的形状，又让我们文人感到了一份心酸。司马迁是这样的，曹雪芹也是这样，文人都是与富贵无缘，都是生前得不到公正的。在济宁，意外地得知，李白竟也是在济宁住过了二十余年啊！遥想在四川参观杜甫草堂，听那里人在说，流离失所的杜甫到成都去拜会他的一位已经做了大官的昔日朋友，门子却怎么也不传禀，好不容易见着了朋友，朋友正宴请上司，只是冷冷地让他先去客栈里住下好了。杜甫蒙受羞辱，就出城到郊外，仰躺在田埂上对天浩叹。尊诗圣的是因为需要诗圣，做诗圣的只能贫困潦倒。我是多么崇拜英雄豪杰呀，但英雄豪杰辈出的时代斯文是扫地的。孔庙里，我并不感兴趣那些大大小小的皇帝为孔子树立的石碑，独对那面藏书墙钟情，孔老夫子当周之衰则否，属鲁之乱则晦，及秦之暴则废，遇汉之王则兴，乾坤不可以久否，日月不可以久晦，文籍不可以久废啊！

当我立于藏书墙下留影拍照时，我吟诵的是米芾的赞词："孔子孔子，大哉孔子！孔子以前，既无孔子；孔子之后，更无孔子。孔子孔子，大哉孔子！"出得孔府，回首看府门上的对联，一边有富贵二字，将富字写成"冨"，一边有文章二字，将章字写成"章"。据说"富"字没一点，意在富贵不可封顶，"章"字出头，意在文章可以通天。唏，这只是孔门后代的得意。衍圣公也是一代一代的，这如现在一些文化名人的纪念馆，遗孀或子女大都能当个纪念馆长一样的。做人是不是伟大的人，生前姑且不论，死后能福及子孙后代和国人的就是伟大的人。孔子是这样，秦嬴政是这样，毛泽东也是这样，看着繁荣富裕的曲阜，我就想到了秦兵马俑所在地临潼的热闹。

在孔庙里我睁大眼睛察看圣迹图，中国最早的这组石刻连环画，孔子的相貌并不俊美，头凹脸阔，豁牙露鼻。因父亲与一个年龄相差数十岁的女子结婚，他被称为野合所生，身世的不合俗理和相貌的丑陋，以及生存困窘，造就了千古素王。而秦嬴政呢，竟也是野合所得。有意思的是秦嬴政做了始皇，焚书坑儒，却也能到泰山封禅，他到了这里，不知对孔子做何感想？他登泰山而天降大雨，想没想到过因泰山而有了孔子，也可以说因了孔子而有了泰山，在泰山上他能祀天而求得以武功得天下又以武功能守天下吗？

我在泰山上觅寻我的祖先遇雨而避的山崖和古松，遗憾地没有找到这个景点。听导游的人解说，我的祖先毕竟还是登上了山顶，在那里燃起熊熊大火与天接通，天给了他什么昭示，后人恐怕不可得知，而事实是秦亡后就在泰山之下孔庙孔府孔林如皇宫一样矗起而千万年里香火不绝。孔子就是五岳独尊的泰山吗？泰山就是永远的孔子吗？登泰山者，人多如蚁，而几多人真正配得上登泰山呢？我站在北拱石下向北面的峰头上看，我许下了我的宏愿，如果我有了完成宿命的能力和机会，我就要在那个峰头上造一个大庙的。我抚摸着北拱石，我以为这块石头是高贵的，坚强的，是一个阳具，是一个拳头，是一个冲天的惊叹号。

杜甫讲：登泰山而一览众山小。周围的山确实是小的，小的不仅仅是周围的山，也小的是天下。我这时是懂得了当年孔子登山时的心境，也知道了他之所以惶惶如丧家之犬一样到处游说的那一份自信的。

我带回了一块石头，泰山上的石头。过去的皇帝自以为他们是天之骄子，一旦登基了就来泰山封禅的，但有的定都地远，他们可以来泰山祀天，也可以在自家门前筑一个土丘作为泰山来祀，而我只带回一块石头——泰山石是敢当的——泰山就永远属于我，给我拔地通天的信仰了。

　　进山东的时候，我是带了一批《土门》要参加签名售书活动的，在济宁城里搞了一场，书店的人又动员我能再到曲阜搞一次，我断然拒绝了。孔子门前怎能卖书呢？我带的是《土门》，我要上泰山登天门，奠地了还要祀天啊！我站在山顶的一截石阶上往天边看去，据说孔子当年就站在这儿，能看到苏州城门洞口的人物，可我什么也看不见，我是没有孔子的好眼力，但孔子教育了我放开了眼量，我需要一副好的眼力去看花开花落，看云聚云散，看透尘世的一切。

　　怀着拜孔子、登泰山的愿望进山东，额外地在济宁参观了武氏祠的汉画像石，多么惊天动地的艺术！数百块的石刻中，令我惊异的是最多的画像竟是孔子见老子图。中国最伟大的会见，历史的瞬间凝固在天地间动人的一幕，年轻的孔子恭敬地站在那里，大袖筒中伸出两只雁头，这是他要送给老子的见面礼。孔子身后是颜回等二十人，四人手捧简册，而子路头有雄鸡，可能是子路生性喜辩爱斗的吧。这次会见，两人具体说了些什么，史料没有详载，民间也甚不传说，而礼仪之邦的芸芸众生却津津乐道，于此不疲，以至于这么多的石刻图案。老子在西，孔子在东，孔子能如此地去见老子，但孔子生前为什么竟不去秦呢？这个问题我站在泰山顶上还在追问自己，仍是究竟不出，孔子说登泰山而赋，我要赋什么呢？我要赋的就只有这一腔疑惑和惆怅了。

1997 年 5 月 10 日夜记

入川小记

　　我的家乡有句俗语：少不入川。少不入者，则四川天府之国，山光、水色、物产、人情，美而诱惑，一去便不复归也。此话流传甚广，我小小的时候就记在心里，虽是警戒之言，但四川究竟如何美，美得如何，却从此暗暗地逗着我的好奇。一九八一年冬日，我们一行五人，从西安出发，沿宝成路乘车去了成都；走时雪下得很紧，都穿得十分暖和。秋天里宝成路遭了水灾，才修复通，车走得很慢，有些时候，竟如骑自行车一般。钻进一个隧洞，黑咕隆咚，满世界的轰轰隆隆，如千个雷霆，万队人马从头顶飞过；好容易出了洞口，见得光明，立即又钻进又一隧洞。借着那刹那间的天日，看见山层层叠叠，疑心天下的山峰全是集中到这里的。山头上积着厚雪，树木玉玉的模样，毛茸茸的像戴了顶白绒帽；山腰一片一片的红叶，不时便被极白的云带断开。……又入隧洞了，一切又归于黑暗。如此两天一夜，实在是寂寞难堪，只好守着那车窗儿，吟起太白《蜀道难》的诗句，想：如今电气化铁路，且这般艰难，唐代时期，那太白骑一头瘦驴，携一卷诗书，冷冷清清，"怎一个愁字了得！"正思想，山便渐渐小了，末了世界抹得一溜平坦，这便是到了成都平原，心境豁然大变，车也驶得飞快，如挣脱了缰绳，一任春风得意似的。一下火车，闹嚷嚷的城市就在眼下，满街红楼绿树，金橘灿灿。在西北，这橘子是不大容易吃到，如今见了，馋得直吐口水，一把分币便买得一大怀，掰开来，粉粉的，肉肉的，用牙一咬，汁水儿便口里溅出，不禁心灵神清，两腋下津津生风。惊喜之间，蓦地悟出一个谜来：这四川，不正是一个金橘吗？一层苦涩涩的橘皮，包裹着一团妙物仙品。外地来客，一到此地，一身征尘，吃到鲜橘，是在告诉着愈是好的愈是不易得到的道理啊！

走进市内，已是黄昏时分，天没有朗晴，夕阳看不到，云也看不到，一尽儿蒙蒙的灰白。我觉得这天恰到了好处，脉脉地如浸入美人的目光里，到处洋溢着情味。树叶全没有动，但却感到有醺醺的风，眼皮，脸颊很柔和，脚下飘飘的，似乎有几分醉后的酥软。立即知道这里不比西北寒冷，穿着这棉衣棉裤，自是不大相宜，有些后悔不迭了。

从街头往每一条小巷望去，树木很多，枝叶清新，路面潮潮的，不浮一点灰尘，家家门口，都植有花草，即使在土墙矮垣上，也藓苔缀满；偶尔一条深巷通向墙外，空地上有几畦白菜、萝卜，一青二白，便明白这地方地势极低，似乎用手在街的什么地方掘掘，就会咕涌涌现出一个清泉出来。街上的人多极，却未行色匆匆，男人皆瘦而五官紧凑，女人则多不烫发，随意儿拢一撮披在后背，依脚步袅袅拂动，如一片悠悠的墨云，又如一朵黑色的火焰。间或那男人女人的背上，用绳儿裹着一小孩，骑上自行车，大人轻松，孩子自得，如作杂技，立即便感觉这个城市的节奏是可爱的缓慢，不同于外地。在这乱糟糟的生活漩涡里，突然走到这里，我满心满身地感到一种安逸、舒静，似乎有些超尘而去了。

在城里住下来，一刻儿也不愿待在房间，整日在街巷去走，街巷并不像天津那么曲折，但常常不辨了归途，我一向得意我的认路本领，但总是迷失方向，我不知这是什么原因儿，反正一任眼睛儿看去，耳朵儿听去，脚步儿走去。那街巷全是窄窄的，没有上海的高楼，也少于北京的四合院，那二层楼舍，全然木的结构，随便往哪一家门里看去，内房儿竹帘垂着，袅袅燃一炷卫生香烟。客间和内间的窗口，没有西北人贴着的剪纸，却都摆一盘盆景，有苍劲松柏的，有高洁梅兰的，有幽雅竹类的，更有着奇异的石材：砂碛石，钟乳石，岩浆石。那盆儿也讲究，陶质，瓷质，石质。设计起来，或雄浑，或秀丽，或奇伟，或恬静；山石得体，树势有味，以窗框为画框，恰如立体的挂幅。忍不住走进一家茶馆去了，那是多么忘我的境界，偌大的房间里，四面门板打开，仅仅几根木柱撑着屋顶，成十个茶桌，上百个竹椅，一茶一座，买得一角花茶，便有服务员走来，一手拎着热水壶，一条胳膊，从下而上，高高垒起几十个茶碗，哗哗哗散开来；那茶盖儿，茶碗儿，茶盘儿，江西所产，瓷细坯薄，叮叮传韵。正欣赏间，倒水人忽地从身后数尺之远，唰地倒水过来：水注茶碗，冲卷起而不溢出。将那茶盖儿斜盖了，燃起一支烟来，捏那盖儿将茶拨拨，便见满碗白气，条条微痕，久而不散，一朵两朵茉莉小花，冉冉浮开茶面。不需去喝，清香就沁入心胸，品开来，慢慢细品，说不尽的满足。在成都待了几日，我早早晚晚都在茶馆泡着，喝着茶，听着身边的一片清谈，那音调十分中听，这么一杯喝下，清香在口，音乐在耳，一时心胸污浊，一洗而净，乐而不可言状也。

我们五人，皆关中汉子，嗜好辣子，出门远走，少不了有个辣子瓶儿带在身上。入了四川，方知十分可笑。第一次进饭店，见那红油素面，喜得手舞足蹈，下决心天天吃这红油面了，没想各处走走，才知道这里的一切食物，皆有麻辣，那小吃竟一顿一样，连吃十天，还未吃尽。终日里，肚子不甚饥，却遇小吃店便进，进了便吃，真不明白这肚皮有多大的松紧！常常已经半夜了，从茶馆出来，悠悠地往回走，转过巷口，便见两街隔不了三家五家，门窗通明，立即颚下就显出两个小坑儿，喉骨活动，舌下沁出口水。灯光里，分明显着招牌，或是抄手，或是豆花面，或是蒸牛肉，或是豆腐脑；那字号起得奇特，全是食品前加个户主大姓，什么张鸭子，钟水饺，陈豆腐什么的。拣着一家抄手店进去，店极小，开间门面，中间一堵墙隔了，里边是家室，外边是店堂，锅灶盘在门外台阶，正好窗子下面。丈夫是厨师，妻子做跑堂，三张桌子招呼坐了，问得吃喝，妻子喊："两碗抄手！"丈夫在灶前应："两碗抄手！"妻子又过来问茶问酒，酒有泸州老窖，也有成都小曲，配一碟酱肉、香肠，来一盘胡豆、牛肉，还有那怪味兔块，调上红油、花椒、麻酱香油、芝麻、味精。酒醇而柔，肉嫩味怪；立即面红耳赤，额头冒汗。抄手煮好了，妻子隔窗探身，一笊篱捞起，皮薄如白纸，馅嫩如肉泥，滋润化渣，汤味浑香，麻辣得吸吸溜溜不止，却不肯住筷。出了门，醉了八成，摇摇晃晃而走，想那神也如此，仙也如此，果然涌来万句诗词，只恨无笔无纸，不能显形，回旅社卧下，彻底不醒，清早起来，想起夜里那诗，却荡然忘却，一句也不能做出了。

我常常琢磨：什么是成都的特点，什么是四川人的特点。在那有名的锦江剧院看了几场川剧，领悟了昆、高、胡、弹、灯五种声腔，尤其那高腔，甚是喜爱，那无丝竹之音，却有肉声之妙，当一人唱而众人和之时，我便也晃头晃脑，随之哼哼不已了。演出休息时，在那场外木栏上坐定，目观那园庭式的建筑，古香古色的场地，回味着上半场那以写意为主，虚实结合，幽默诙谐的戏曲艺术，似乎要悟出了点什么，但又道不出来。出了城郭，去杜甫草堂游了，去望江公园游了，去郊外农家游了，看见了那竹子，便心酥骨软，挪不动步来。那竹子是那么多！紫草竹、花楠竹、鸡爪竹、佛肚竹、凤尾竹、碧玉竹、道筒竹、龙鳞竹……漫步进去，天是绿绿的，地是绿绿的，阳光似乎也染上了绿。信步儿深入，遇亭台便坐，逢楼阁就歇，在那里观棋，在那里品茗。再往农家坐坐，仄身竹椅，半倚竹桌，抬头看竹皮编织的顶棚、内壁，涮湿竹的绿青色，俯身看柜子、箱子漆成干竹的铜黄色，再玩那竹子形状的茶缸、笔筒、烟灰盘，蓦地觉得，竹该是成都的精灵了。最是到了那雨天，天上灰灰白白，街头巷口，人却没有被逼进屋去，依然行走；全不会淋湿衣裳，只有仰脸儿来，才感到雨的凉凉飕飕。石板路是潮潮的了，落叶浮不起来。近处山脉，一时深、浅、明、暗，层次分明，远峰则愈高愈淡，末了，融化入天之云雾。这个时候，竹林里的叶子光极亮极，海棠却在寒气里绽了，黑铁条的枝上，繁星般孕着小苞，唯有一朵红了，像一只出壳的小鸭，毛茸茸的可爱，十分鲜艳，又十分迷丽。更有一种树，并不高的，枝条一根一根清楚，舒展而微曲的向上伸长，形成一个圆形，给人千种万种的柔情来了。我总是站在这雨的空气里，想我早些日子悟出的道理，越发有了充实的证明。是啊，竹，是这个城的象征，是这个城中人的象征：女子有着竹子的外形，腰身修长，有竹的美姿，皮肤细腻而呈灵光，如竹的肌质，那声调更有竹音的清律，秀中有骨，雄中有韵。男子则有竹的气质，有节有气，性情倔强，如竹笋顶石破土，如竹林拥挤刺天。

我太爱这欲雨非雨、乍湿还干的四川天了，醺醺的从早逛到晚，夜深了，还坐在锦江岸边，看两岸灯光倒落在江面，一闪一闪地不肯安静，走近去，那黑影里的水面如黑绸在抖，抖得满江的情味！街面上走来了一群少女，灯影里，腰身婀娜，秀发飘动，走上一座座木楼去了，只有一串笑声飘来。这黑绸似的水面抖得更情致了，夜在融融地化去，我也不知身在何处，融融地似也要化去了。

1982 年

江苏见闻

一

昆山有"半茧园"，园里有"唐亭"，咏"唐亭"者甚多，其中一首为：

爱此唐亭僻

梅花静倚门

无人好太古

有月共黄昏

山凹生云窦

溪平露雪痕

于时何事乐

一卷对清樽

此人清雅，格局不大。江南才子如袁枚、归有光清雅而旷达遂成气候，郑燮、金农清雅到极致，发展到怪僻，也终成人物。无人生磨难，际会感慨，纯性情使然，清风徐来水波不兴，则浅显啊。喜第五、六句，暗藏我的姓名。厌七、八句，文人只是喝酒看书，为喝酒看书而喝酒看书，生你何用？

二

半茧园有一石，曰"寒翠"。

形态奇兀，中心大窟窿与边缘小孔，疏密有致，旷野玲珑。石质纯洁，历经风雨，愈是白净。据载：此石本为维扬王忠玉家"快哉亭"物，有东坡题识觞咏之语。元顺帝至元戊寅顾仲瑛得之于通匮桥新安尼寺，以粟易归，置"玉山草堂"。明年，仙居柯九思见而奇之，再拜而去，御史白舒达兼善来观，复为题"寒翠"美之。遂砌石为台，仲瑛自为记。后至清嘉庆八年移置半茧园。

一块石头，数百年间被人珍惜，此石必是美女二世。但人女之美，命运必是坎坷，故永做石头再不生人？

在昆山搜寻此石，不能得见。天黑在宾馆吃饭，端上一盘基围虾，便问老宋：知道哪只虾为雌为雄？宋说：你吃哪只，哪只就是雌的。满桌哄笑。

三

到扬州天宁寺，得知郑燮当年在此卖画。到南通狼山，也得知冒辟疆晚年卖字。不知这些先生为何作卖，遂想起我在家中的"润格告示"。我自字画被人看上眼后，先自为得意，不料从此苦恼日增，索字画比约文稿还多，每日敲门者不断，皆是言要解决调动、升级、农转非或等等原因做礼品送人。骚扰太甚，出了告示。

告示为——

自古字画卖钱，我当然开价，去年每幅字千元，每张画千五，今年人老笔亦老，米价涨字画价也涨。

一，字。斗方千元。对联千二。中堂千五。

二，匾额一字五百。

三，画。斗方千五。条幅千五。中堂二千。

官也罢，民也罢，男也罢，女也罢，认钱不认官，看人不看性。一手交钱一手拿货，对谁都好，对你会更好。你舍不得钱，我舍不得墨，对谁也好，对我尤甚好。生人熟人来了都是客，成交不成交请喝茶。

告示一出，果然阻挡了许多人，而且也有一笔收入，到底是好事。

四

北方人都知江南村村有水，殊不知真正水乡在江北。扬州地区的高邮和兴化毗连，高邮地形如覆盂，兴化则是覆盂再翻，境内三分之一为水。农民耕作在垛田，垛田大可三亩五亩，小则二分三分。五月份观之，菜花连天，高处金黄，深渠银亮，错综复杂，如演八卦图阵。当地人讲，兴化古来是避兵乱佳地，盖因这垛田之故。商州山高，秦时也是避乱处，我亦不知是四皓的后人或是祖先为四皓的守墓人，今到兴化，多有感慨。商州山上有各类飞禽走兽，且产商芝，俗称拳芽，其形如人拳，可食用。幼时挖过商芝，根成块状，时有人形者，疑避秦乱的人变，兴化鱼虾种类多，可能也是为安全所驱。席间吃有一种鱼，叫昂刺的，样子极丑，一层黑皮，背上有硬翅如锥。此鱼大半为避乱者托生。还有一种鱼，老而不大，仅有二三指长，更是伏小的人物吧。

五

康熙六次下江南，六次驾临高邮城：

第一次，一六八四年。康熙帝路过高邮，秀才葛天祚、孙晋等献上开海口图。回京途中，十一月初十日船泊城外，秀才献上诗歌八章。

第二次，一六八九年。驻清水潭视察河工，并从高邮码头停泊上岸。

第三次，一六九九年。驻跸界首。

第四次，一七〇三年。二月初六路过高邮，视察河工，宿稽家闸。

第五次，一七〇五年。三月十一日路过高邮，地方献当地名产。返回时于闰四月初七日路过高邮，驻跸南关外，纳地方所献土产。

第六次，一七〇七年。二月二十七日路过高邮，视察河工，四月二十九日经高邮返回。

此记载现挂牌于高邮古驿馆里。从记载看，康熙帝也够辛苦，十四年间六巡江南。江南当时反清势力最甚，河运又盛，康熙帝当然难以放心。地方富裕，也多秀才，所能献的就是土产和颂歌了。走江南各地，凡清帝当年驾临之所，如今全是景点，高邮古驿是，扬州有御码头，镇江金山寺下也有御码头，但明亡后，江南却是反清重地，人间世情如此，又荒唐又实际。扬州的御码头不远处即史可法纪念馆，参观时，天雨蒙蒙，庭院冷落，有一联正在史公坐像旁，联曰：

　　公去社巳屋；
　　我来梅正花。

六

　　登泰山而小鲁。但泰山有时很小，小到百姓捡一块麻石，立于村前或门前，上凿"泰山石敢当"。高邮有个叫文游台的地方，南宋的皇帝堆土为泰山作祀。土堆上的庙宇已塌，正在复修，旧时光景不得见，但祀炉还在，锈做一堆铁的。现时人看"文革"中的资料片，万人齐跳忠字舞，不觉肃然而觉悲凉，面对土堆的一环泰山，没有了悲凉却是可笑。

七

　　在上官河坐船到大纵湖去，时值细雨，却天青河白，岸上菜花金黄，蚕豆已肥，萎蒿细长，经风梳理，齐茬茬一边倒伏。船是"水上飞"，速度极快，眼见得河的两边涌起两道水波如龙，与船同进。愈进愈深，河面更宽，处处拦网设簖，河岸遂也成堤，偶有堤断处，能看见堤那边也是或河或湖。堤上有活人也有亡人。活人筑小屋，搭茅棚，几株杉树晾挂了衣服和干菜。亡人则安息，小小的土坟就在杉树之外。怕是民以食为天，鬼也以食为天，坟顶上又皆放一土块成碗状。船过一户人家，人家的媳妇在浅水处设簖，水波微兴，身下的小板舷起落不在，但并不瞧看我们，安然探作，唯岸上老妪使劲挥手向我们叫喊，原是门前停泊的小船上盛着沙子，船沿与水面平齐，水波涌起，沙子就刷入水中，我们只好放慢速度，笑笑地向老人致歉。至大纵湖，水天一色，而各自为政地拦了网，一问，全是养蟹。大纵湖产醉蟹，价钱已涨到百元一斤。见一养蟹大户，方头赤睛，引入他家，家是一只大船，内装饰豪华如市内宾馆，言及蟹销之香港及东南亚，口大气粗，洋洋得意，出船见两艘小快艇飞一般驶来，介绍是新购回的快艇，家人去镇上采买东西的，两男西服革履，提有手机，三女一童皆鲜服，并嘴嚼口香糖，能吹山猪尿泡一样大的泡。

八

扬州历史博物馆在天宁寺，展一古舟，不知年代，疑古运河盛时物。舟为独木，楠树所凿，长十三米余，宽近一米，敲之笃笃鸣响，有金属音。

馆外有一树琼花，远看并不艳乍，近视序盘硕大，一枝八朵，一朵五瓣，排列有序，蕊素如珠，花白如雪。当地人又叫八仙花。世上都骂隋炀帝为看琼花，"陆地行舟"下扬州，荒淫无度，可见琼花不是人间花，以美勾引昏君，杀灭昏君，而又让他开凿运河，又不失自家高洁。

若再有生，不为龙便为独木舟，孕女当是无双琼。

丙子三月二十二日记。

九

三月二十日过江看《瘗鹤铭》，雷轰岩施工加固，不能近前，却见陆游观《瘗鹤铭》刻石，立于浮玉岩畔："陆务观、何德器、张玉仲、韩无咎，隆兴甲申闰月廿九日，踏雪观《瘗鹤铭》，置酒上方，烽火未息，望风樯战舰在烟霭间，慨然尽醉。薄晚，泛舟自甘露寺以归。明年二月壬午，

210

圜禅师刻之石。务观书。"世人知坡老《记承天寺夜游》为短文，不知务观七十三字！四十五年间，我又能传几多文字呢，临风浩叹。后体软登山，欲觅一块石携带而不得，定慧寺又已关门，坐末班船郁郁归镇。

十

史公祠后院竖一石，约两围，高三米五左右，玲珑嵌空，窍穴千百。据介绍，为南园遗璞。清安徽歙县汪氏建南园别墅，内置九块太湖石，乾隆南巡时到此园，赐名九峰园，后选二石入御园。九峰园早废，七石散落，今仅存此石。

当年曾有诗：名园九个丈人尊，两叟苍颜独受恩。

这一个石头伴孤忠，这石头也是清寂。旁有一梅，不在花期，未能看数点冷艳。

十一

杭州有西湖，扬州有瘦西湖，北京有白塔，扬州有小白塔，镇江有金山，扬州有小金山。小金山为瘦西湖一景，传说苏轼在扬州时过江去金山与和尚对弈，输了玉带，而拿了金山一石过来，遂有小金山。今小金山为一土丘，上建一亭，几块奇石，数株老柏，临风四望，倒能烟水全收。丘下有一堂，联语中"如拳不大金山也肯过江来"，其语情殷。

风亭而下，是一庭院，偏门进入，园小二十平方米，只有一柏直挺，薄砖细石铺地，草沿砖缝长，苔在石间生，地青黄如湖面，前有正门，出门则阳台，返回院园，方仰头看门楣匾额题"开畅"，始知园地小而顺柏向上可观天，宁静者致远矣。遂合掌道：好！

十二

世人知《白蛇传》皆骂法海，金山寺的和尚至今仍恶白氏素贞，故游金山在山上见塔，塔下见法海洞，山脚洞下见白蛇洞，而山上归属寺院管，山下则是园林局的辖区了。白蛇洞极小，谁人焚过香蜡，荃味未散，但呼吸过后总有腥气。洞内石壁上有一穴，大人不可进入，俯首探望，幽暗却不知深浅。悚然而立，想那女子可怜可亲，虽是蛇变，做人妻何妨？忽穴内有亮光闪烁，一活物慢慢爬出。登时惊叫，活物转身为影子般又滑入穴去，看清毛茸茸一尾，始知山鼠。心怦然悸然，不认为是偶然事件，却又疑心这是白蛇的什么侍者或是守穴者，报给她家主子去了。又久立，身觉寒冷，出洞望江，默然不语。谁又在洞上之洞念那门联："白蟒化龙归海去，山头只有老陀头。"

十三

金山下一巨石名"信矶"，是当年金山未上岸时为水所拥，老和尚常与海鼋在此狎戏，老和尚每一敲石，鼋就必至，后老和尚圆寂，别人再敲，鼋终杳然无迹。五月六日天降微雨，坐石上半日，面前海水已远，沙滩上荒草蔓生。

十四

江南人不能望貌论年龄，尤其少女，面有蜡像色，光洁如亚光玻璃。我所到之处，读书人皆以为假；谓个头不应是一米六余，颜面也不该有黑点。殊不知人面也有风水，痣不可取。脸存七痣，排列而下，形若七斗，望我如观天象。

十五

扬州镇江园林，多为私家，盖出自明清盐商所造，财富在世间有定数而流动，钱多则不能为私人有，自古如此。商人好奢华，并不一概附庸风雅，势大钱广必有清客，文艺方是寄生之物。扬州何园的"片石山房"即石涛叠石作涛。

十六

欧阳文忠公在扬州一年，做平山堂，取江南北固远山与此堂平，甚有文人情趣。而《避暑录话》中载"公每暑时辄凌晨携客往游，遣人走邵伯取荷花千余朵，插百许盆，与客相间。遇酒行，即遣妓取一花传客，以次摘其叶，尽处则饮酒，往往侵夜，载月而归"。风流潇洒可见。欧阳也筑屋，也乐酒，也遣妓，今文人行状，见之多多，行为龌龊，酗酒污秽，无大胸襟，酒亦无荷香，取花妓也不闻真笑声啊。

十七

镇江有四大名鱼，鲥、鲫、鲴已吃，味道鲜美，但并不如家乡饮食能饱肚，终日又役役奔走，疲倦不堪，五月四日登北固楼回来午睡近二时，起床说：江南最香是觉香。

五月五日到扬中。扬中为江中孤岛，扬中人有如日本人，登陆意识极强。据说当初起身时，主要靠推销员，推销产品也推销自己，常年在火车上奔波的中国推销员十人必有六人是扬中人。有了资金，扬中不敢怠慢，愈发向外扩张，自筹资金修一千一百七十二米长的扬中长江大桥，使经济从小而散、小而全向规模化、集团化、多元化方向发展，其富裕与文明比苏南诸地有过之而无不及。访问毕，天已黑，往范继平家吃河豚。河豚有剧毒，尤其菜花时节，范继平一再强调，不吃河豚，枉到扬中，要吃，要敢吃！"我请村里老支部书记来烧！"出事不出事，这不是政治可以保证的事，但我还是放开去吃，十五分钟过后，未有舌麻头晕，安全无事了。回镇江对接待人谈起，他大惊失色，说："只有镇江人敢这样！"

　　河豚活物什么模样，不可得知，但鼓腹而歌：你有毒，我也一身病毒，我怕你的！

十八

　　镇江"芙蓉楼"新建，内有王川壁画，王川导游前往。坐楼中喝两杯茶，出来坐湖中廊亭，细雨淋淋，烟笼水面，极尽幽静。得知前不久有旧时人物来住园中，一人常临于湖边观鱼乐，不觉回头望园中楼舍，楼舍一半渺失，一半如浮，但清晰一白皮松，青灰底色里白斑如钱，塔子小，匀匀在一堆枝叶的苍绿中泛黄。

芙蓉楼前二十米是中泠泉，不愿近，嫌中泠二字不好。

十九

镇江黄墟乡龙山村现在是中国最富裕村镇之一。但与任何村镇发展不同，它是由工人承包而起，实行的是现代化大企业管理方法。有如英国人开发美洲。没有四个工人从附近的热电厂辞职来养鳗就不可能有龙山村的发展，没有龙山村的土地水塘也不可能有"世界鳗王"的龙山鳗业联合公司。这种公司比社会上公司有可以使用的土地和最便当的劳力的有利处，也有使农民一步到位、最快摆脱农民意识的先进处，其压力是以村为公司时必须敢担风险，其阻力是世世代代在此繁衍生息的农民对于外来人来占有土地、又受其治理而所带来的行为上、心理上的抗拒。《土门》从一个侧面即表现这种矛盾，龙山现状又是另一个侧面，令我大喜。

二十

登北固山见梁武帝萧衍书"天下第一江山"刻石，哑然一笑，想起西安街头卖羊肉泡馍人家门前有"天下第一碗"。

二十一

在扬州得旧籍，读至龚定庵身处风月繁华地却清净淡泊，甚有感动。定庵性不羁，厌修饰，在朋友魏源，字默深家客住，仍得大自在。其一趣：

定庵无靴，借默深靴著之，所容浮于趾，曳之，廓如也。客至，剧谈渐浃，定庵跳踞案头，舞蹈甚乐。泊送客，靴竟不知所之，遍觅不可得，濒行，撤卧具，乃于帐顶得之。当时双靴飞去，定庵不自知，并客亦未见，此客亦不可及。

古人磊磊率真如此，今不能了。

二十二

读《浮生六记》，知沈复三十三岁的冬天，为友人做中保而被牵累，致使家庭失欢，寄居无锡，后归途到虞山，"愁苦之中快游也"。我年四十五，来虞山比沈复迟了十二年。

上剑门，观尚湖，不知太公在秦在苏？

二十三

常熟有古诗：七溪流水皆通海，十里青山半入城。

七溪，一在学宫后兴贤桥北，二在草圣祠后东太平巷南，三在东街南金童子巷北，四在言子宅后坊桥北章家角南，五在白粮仓前灵宫殿后，六在白粮仓后，七在孝义桥南仓浜底。虞山骑车周游可两小时许。

城中有方塔，为南宋建。据说虞山如牛形，怕牛入海，故建方塔做拴牛桩。

二十四

游兴福寺，最兴趣扶竹荒疏。到一庭院，见殿额"为甚到此"，怅然若失。在"自彻"院书法，识静觉师傅，无印章，虞山友人当即以锉刀在静觉印石的另一端刻"平凹"二字。后上"救虎阁"素食嫩竹针菇，当了半日和尚。

二十五

在常熟拜钱谦益，却更钟情柳如是，单这名字便喜欢，登虞山见柳如是的撰联就录，得传说，柳墓里的棺木是悬葬的，以示不履清朝土地。白茆乡芙蓉村未能去，不知那株红豆树今年可生几豆？

二十六

读资料："兴福寺原有一株唐桂，一株宋梅，均为千年古树。宋梅至二十世纪二十年代尚开花结梅子，梅子秋后成熟，味甘。一九三六年九月十二日午夜十二时许，全树突然倾倒，残枝满地。唐桂五十年代老死。"详细记述树忌日的唯这宋梅。此梅死至今日六十年了，今夜焚纸奠之。

二十七

在"彩衣堂"见七十余岁时翁同龢相片，鼻如悬胆。翁家父子宰相、帝师，兄弟封疆，叔侄联魁，在近代政治、科举史上其显赫罕有所匹。翁宅不大，庄严肃整，记载原有两棵桂树，今见是幼桂，知原木已毁。后有读书楼，登上吃茶，观翁字画，竟十分喜爱其墨迹。咸、光年间，翁氏书法当朝第一，但如今书法史上未见其地位，令人遗憾。吃茶间偶见台湾寄其馆《松禅老人尺牍墨迹》一册，爱不释手，遂复印半册。

该册序言，斯册凡录翁文恭致南海张樵野手札百余道，并附中俄租借旅大约稿及电报稿若干件。为归安吴渔川所编集。其时日大抵多光绪二十三四年间所书，时正甲午败后对俄德英法交涉频繁之际，翁张二氏同在总理衙门行走，而文恭并兼内阁及军机，张氏以通洋务名为文恭所深器重，凡涉外交多与之磋商。

渔川吴永，吴兴人，为湘乡曾惠敏之东床，亦张樵野氏所荐士。樵野任总理衙门大臣时，渔川曾充记室，戊戌八月，张氏以罪下狱，谪戍新疆，此诸札幸赖先委之渔川得以保存。宣统辛亥编次成册以藏。渔川生为宦，两袖清风，其幼女芷青女士于归文恭家人舲雨先生，此文恭遗墨即其出嫁之压奁物。星移斗转，原物归翁，真是奇迹。

翁氏在朝，门生天子，行走弘德殿，波澜万丈，晚景开缺回籍凄凉异常，自号瓶庵居士，在此"守口如瓶""唯农与鱼鸟相亲"，甚至为避祸，多次隐藏自己的日记、手稿，"避谤每删诗"。临终前口拟挽联："朝闻道，夕死可矣；

今而后，予知免夫。"死后墓前立他手书的墓碑："清故削籍大臣之墓"，可见死而耿耿于怀。

二十八

再游兴福寺，静坐空心潭，游人踵踵，多在潭边围桌玩牌，亦狎欢，亦赌博。救虎阁前放生池里，仍未见绿毛龟，又与静觉和尚见，相谈甚洽，得《了凡四训》一册。

兴福寺前坡竹甚美，进去满地竹叶子埋脚面，但竹几乎每竿刻字，皆少男少女情爱之语。正会心而读，又一对男女携手过来，忙出林到坡下广场吃豆花一碗。

二十九

曾朴在家作《孽海花》，现家院辟为"曾园"，五月十九日下午进园读碑刻，听虞山古琴。先一曲《渔樵问答》，后《高山流水》，叙说古简朴约，时窗外轻风微雨，吹窗偶有嘎嘎声，似鬼魂而入。琴罢出房，廊边有竹在摇曳，忽有词：有竹风显形，无琴灵失托。

内有一香樟，一树两分，一分又三分。荫半亩地，下一太湖石，形状若悠闲人，顶凿"妙有"，下隐约有字，辨认许久，方识得是："余营虚霖园，倚虞山为胜，未尝有意致奇石，乃落成而是石适至，非所谓运自然之妙有者耶，即书妙有二字，题其颠。石高丈许，绉瘦透者咸备。"世上万物得失聚散皆有缘，石仍在曾朴已去，为等我耶？

三十

一早登虞山"读书台"，不为读书只吃茶，坐亭中四面来风，忽然与同坐说禅，说基督，吃茶就不是吃一杯绿水了。

饭时在旁"梅影廊"，席间有八十老翁，能填词书画，人皆戏谑无序，老者可爱如婴儿。"梅影廊"饭馆原民间俗语"妹引郎"，谓生意兴隆之术，老者改题匾额而雅。老者又自夸：在某乡一干部调戏民女，被人责罚，造亭，称"摸奶亭"，他改题写"莫浪亭"。众人说好，旁有一人就用纸揩老者嘴角沾饭，众人又笑，老者也笑。事后得赠一册《梓人韵语》，知老者是张大千弟子，一生坎坷，早年失妻，今子在上海，有一妇人未婚同居，妇人又常在南京，平日有女学生照料，每当儿子来，便不出门，防备所收藏物失。

三十一

虞山名人多，以人名拟联：

牧斋翁心存曾朴，

天池柳如是瓶生。

牧斋即钱谦益，号牧斋。翁心存，翁同龢之父，清宰相。曾朴，《孽海花》作者也。天池即虞山琴派宗师。柳如是，牧斋之妾。瓶生为翁同龢晚年号。

三十二

太湖西山二十一个岛屿，风光疏野，最无污染和人工气。不知荡舟周游是何等滋味，现有三桥浮卧四岛之间，一桥七十五孔，一桥七十二孔，一桥四十孔，壮观而秀美，令人长啸。车过西山岛，两边绿树越来越密，同行人讲，这里无树不花，无花不果，我来得不是时候，却在急驶中竭力去辨认梅树、桃树、栗树和枇杷。路蜿蜒起伏，忽沿山脚前进，一边天水一色，一边叠翠欲坠，正是岛尽处，却一闪，又是一洼绿树，隐约有楼顶亭角，一律洁白，闪烁其间，有鸟就在车前的道边静立，车过也不动。至石公山，进园门就仰首跌帽，与天下景区不同。循门内两侧山道趋势上绕，景顺步移，出神入化。在断山亭看断岩，看方亭，看"山与人相见；天将水共浮"联，看远处的来鹤亭，亭里无鹤，也无鹤来，却觉自己筋骨内敛，灵和外放，轻呼一声"我来了"，一时感到天外有了默雷。

贺州见闻

一

从桂林往贺州去，一路都是山。这山很奇怪，有断无续，散乱着全是些锥形，高倒不高，人却绝对上不去。山还能长成这样？想着是上天把一张耙翻过来的吧，满是耙齿。

据说这里曾经是山与海争斗之地，厮杀得乌烟瘴气，至今人们还习惯多吃姜蒜，而现在作为特产的黄蜡石，可能也是那时凝固的血。后来，海要淹没山的时候，海气竭而死，山也只残存了峰头。

高速路就在这样的山中穿行，偶尔到一处了，山突然就躲闪开来，阔地上便有了楼房屋舍，少的就是村镇，多的则为县城了。而躲开的山远远蹲着，好像是栽了桩要围篱笆，也好像是狗在守护。

我还纠结着那场山与海的战争：多大的海呀就死了，水原来也是一粒一粒的，水死成了沙子？！

二

贺州有许多古镇，我去了黄姚。黄姚是在一个山湾里，河流又在镇子中。水在曲处有桥，桥头桥尾有树。桥都很质朴，巨型的石板相互以石榫接连了平卧在水面，树却枝股向四面八方的空中张扬，且从根到梢挂满了菟丝女萝，在风里似乎还要飞起来。桥前树后都是人家，街巷便高低错落，弯转迂回，从任何一处过去也能游遍全镇，而走错一个岔口，却是半天不得回来。

街巷里货栈店铺很多，门面都有小造型，或挂了幌旗，或吊上灯笼，布置了真花和假花，甚至一根麻绳拴了硬纸片儿就在门环上："只做你爱吃的味道"，"女人不可百日无糖"，"老地方今夜有梦"，"我有酒，你有故事吗？"老板或许是文艺青年，招揽着小情小调的顾客，觉得有些花哨和轻浮，想想这也是时代风尚，便浅浅地笑了。

但那挑着担子叫卖的油茶，用竹签扎着吃的菜酿，以及小摊上的山稔子、黄荆子、野百合、五指毛桃，使你知道了这里的特产和特色。更有街巷里的黑石路，千人万人走过了，已经漆明油亮，傍晚时还闪动着光辉，它是一直在明示着镇子上千年的历史。

我在那里故意滑了一跤，用手去抚摸像皮肤一样细腻的路石，我知道，路石也同时复印了我的身影。

三

在乡下人家院里，见墙边放着数个带孔的陶罐，陶罐里养着蛙，问其缘故，回答是：防贼的。先是不解，蓦地明白，拍手叫好。一般防贼都是养狗，狗多是在打盹，要是有贼，它就扑着叫，而蛙平常爱说话，贼一来，却噤声了。世上好多不祥事，总有人抗议，也总有人沉默，沉默或许更预警。

四

走潇贺古道，顺脚进了一个村子。村东头是座戏台，台柱上贴了张青龙神位的纸条，摆着个香炉；村西头有间屋楼，楼檐上贴了张白虎神位的纸条，也摆着个香炉。在村巷中转悠，怪石前有香炉，古树下有香炉，碾子、酒坊、石井、磨棚都有香炉。到一户人家里，上房厢房厦屋后院到处敬的是菩萨、天师、财神、灶王，还有祖宗牌位，还有关公钟馗的画像，甚至那门上钉着个竹筒，里边插了香，在敬门神。我们一行人正感叹：诸神充满！就见一个老者走过来，面如重枣，白胡垂胸，但个头矮小，肚腹硕大，短短的两条胳膊架着前后晃动。我说：咦，这像不像土地爷？同行的人看了都说像。

五

贺州人长寿，眼见过几十位都是百岁以上，考察他们的养生秘诀，好像并没有什么，只是说早晚喝油茶，顿顿有菜酿。

这油茶不是那种茶树籽榨出的油，也不是用炒面做成的茶羹，而是把老姜和大蒜切成碎末和茶叶搅和一起在鏊子里炒，炒出了香，就用小木槌捣砸，然后起火烧锅，还要捣砸，边添水边捣砸，不停地捣砸，直到汤汁煮沸，捞去渣滓，油茶就做好了。菜酿的"酿"原本是一种面皮包馅的蒸煎烹煮，但这里不产面粉，就豆腐、辣角、冬瓜、鸡皮、桃子、香蕉、猪肠、萝卜、兔耳、瓜花、茄子、豆芽、韭菜，没有啥不可包上肉馅、菇馅、花生馅来酿了。

我是喝第一口油茶时，觉得味怪怪的，喝过一碗，满口生香，浑身出汗，竟然上了瘾，在贺州的那些日子，早晚要喝两碗。菜酿也十分对胃口，吃饱了还再吃几个，每顿都鼓腹而歌。我说我回西安了也试着做油茶菜酿呀，陪我们的朋友说那不行的，这里曾经有人去了外地开专卖店，但都因味道变了失败而归。这或许是有这里气候的原因，水的原因，所产的食材原因，或许也是天意吧，只肯让贺州人独受。

　　那么，我说，要长寿就只能以后多来贺州了。

又上白云山

又上白云山，距前一次隔了二十五年。

那时是从延安到佳县的，坐大卡车，半天颠簸，土眯得没眉没眼，痔疮也犯了，知道什么是荒凉和无奈。这次从榆林去，一路经过方塌、王家砭，川道开阔，地势平坦，又不解了佳县有的是好地方，怎么县城就一定要向东，东到黄河岸边的石山上？到了县城，城貌虽有改观，但也只是多了几处高楼，楼面有了瓷贴，更觉得路基石砌得特高，街道越发逼仄，几乎所有的坎坎畔畔没有树，却挤着屋舍，屋舍长短宽窄不等，随势赋形，却一律出门就爬磴道，窗外便是峡谷。喜的是以前城里很少见到有人骑自行车，现在竟然摩托很多，我是在弯腰辨认峭壁上斑驳不清的刻字时，一骑手呼啸而过，惊得头上的草帽扶风而去，如飞碟一样在峡谷里长时间飘浮。到底还是不晓得县体育场修在哪儿，打起篮球或踢足球，一不小心会不会球就掉进黄河里去呢？县城建在这么陡峭的山顶上，古人或许是考虑了军事防务，或许是为了悬天奇景，便把人的生活的舒适全然不顾及了。

其实，陕北，包括中国西部很多很多地方，原本就不那么适宜人的生存的。

遗憾的是中国人多，硬是在不宜于人生存的地方生存着，这就是宿命，如同岩石缝里长就的那些野荆。在瘠贫干渴的土地上种庄稼，因为必定薄收，只能广种。人也是，越是生存艰辛，越要繁衍后代。怎样的生存环境就有怎样的生存经验，岩石缝里的野荆根须如爪，质地坚硬，枝叶稀少，在风里发出金属般的颤响。而在佳县，看着那腰身已经佝偻，没牙的嘴嗫嚅不已，仍坐在窑洞前用刀子刮着洋芋皮的老妪，看着河畔上的汉子，枯瘦而孤寂，挥动着镢头挖地的背影，你就会为他们的处境而叹吁，又不能不为他们生命的坚韧而感动。

为什么活着，怎样去活，大多数人并不知道，也不去理会，但日子就是这样有秩或无秩地过着，如草一样，逢春生绿，冬来变黄。

确实在一直关注着陕北。曾倏忽间，好消息从黄土高原像风一样吹来：陕北富了，不是渐富，是暴富，因为那里开发了储存量巨大的油田和气田。于是，这些年来，关于陕北富人的故事很多。说他们已经没人在黄土窝里蹦着敲腰鼓了，也没人凿那些在土炕上拴娃娃的小石狮子和剪窗花，那虽然是艺术，但那是穷人的艺术。现在的他们，背着钱在西安大肆购房，有一次就买下整个单元或一整座楼，有亲朋好友联合着买断了某些药厂，经营了什么豪华酒店。他们口大气粗，出手阔绰，浓重的鼻音成了一种中国科威特人的标志。就在我来陕北前，朋友就特别提醒路上要注意安全，因为高速公路上拉油拉气的车多，他们从不让道，也不减速。果然是这样，一路上油气车十分疯狂，就发生了一起事故。在收费站的通道里，一辆小车紧随着一辆油车，可能是随得太紧，又按了几声喇叭，油车司机就不耐烦了，猛地把车往后一倒，小车的前盖立即就张开了来。

二十五年后再次来到陕北，沿途看了三个县城四个镇子，同行的朋友惊讶着陕北财富暴涨，却也抱怨着淳朴的世风已经逝去。我虽有同感，却也警惕着：是不是我们心中已有了各种情绪，这就像我们讨厌了某个导演，而在电影院里看到的就不再是别人拍的电影，而是自己的偏见？

这也就是我之所以急切地来陕北，决定最后一站到佳县的原因。

但是我没有想到在佳县，再也没有见到坡岕上或沟畔里有磕头机，也再没遇到拉油拉气的车，佳县依然是往昔的佳县。原来陕北一部分地下有石油和天然气，一部分地方，包括佳县，他们没有。除了方塌和王家砭那个川道今年雨水好，草木还旺盛外，在漫长的黄河西岸，山乱石残，沟壑干焦，你看不到多少庄稼，而是枣树。佳县的枣数百年来就有名，现在依然是枣，门前屋后、沟沟岔岔都是枣树，并没多少羊，错落的窑洞口有几只鸡，砭道上默默地走动着毛驴。

生存的艰辛，生命必然产生恐惧，而庙宇就是人类恐惧的产物，于是佳县就有了白云观。

白云观在白云山上，距城十里，同样在黄河边，同样山巅结构，与佳县县城耸峙。是佳县县城先于白云观修建，还是修建县城的时候同时修建了白云观，我没有查阅资料，不敢妄说，但我相信白云观是一直在保护和安慰着佳县县城，佳县县城之所以一直没有搬迁，恐怕也缘于白云观。

上一次来白云观，在佳县县城的一家饭馆里喝了两碗豆钱稀饭，饭稀得照着我满是胡楂儿的脸，漂着的几片豆钱，也就是在黄豆还嫩的时候压扁了的那种，嚼起来倒是很香。那时所有的路还是土路，我徒步沿黄河滩往下走，滩上就是大片的枣树，枣树碗粗盆粗的，是我从未见过的。

透过枣树，黄河就在不远处咆哮，声如滚雷。我曾经到过禹门口下的黄河，那里厚云积岸，大水走泥，而这处在秦晋大峡谷中的黄河，你只觉得它性情暴戾，河水翻卷的是滚沸的铜汁。行走了一半，一群毛驴走来，毛驴没人鞭赶，却列队齐整，全是背上有木架，木架上缚着两块凿得方正的石块。后来才知道这是往白云山上运送修葺庙宇的石料了。佳县的山水原本使人性情刚硬，使强用狠，但佳县人敬畏神明，怀柔化软，连毛驴也成了信徒，规矩地无人鞭赶往山上运石。我当下感慨不已。我们就跟着毛驴走，走过一个时辰，忽峡风骤起，草木皆伏，却见天上白云纷乱，一起往山头聚集，聚集成偌大的一堆白棉花状，便再不动弹。在佳县县城就听说白云山上有非常之景色和非常之灵异，而峡谷风起，山开白云，确实使我叹为观止。沿途右面都是悬崖峭壁，藤蔓倒挂，危石历历，但到一处，山弯环拱左右，而正中突出一崖，就在那孤峻如削的崖头上垂下一条磴道。我初以为那是流水渠或从黄河里往山上抽水的水泥管道，而毛驴们一字儿排着从磴道上爬了上去，我才知白云山到了，这条磴道就是白云观的神路。

天下好山上多有庙宇，而道教从来最神秘玄妙。中国传统文化里，比如中医、风水、占卜，其确实有精华灿烂，却也包裹了许多夸大其词故弄玄虚的东西，道家更不例外，往往山门分别，华山上的崆峒山上的观前磴道就已经十分险峻，但全然没这条神路窄而陡。入观先登神路，是神爱走奇特之道，还是拜神须极力攀登，这让我想到佳县县城的建筑正是受了道教的启迪吧。

这次重上神路，神路上还有十多人，以衣着和气质而看，有官员有商人有农夫和船工，都拿着香烛纸表，他们都是要去观里祈祷升官发财保重身家。这天并没有云雾，神路的台阶干净明显，但上到一半，只觉路在移动，人也头晕目眩起来。终于上到神路顶的石牌坊下坐歇，正如碑文上所写：足下青石铺地，头上白云连天，红日出没异常，黄河奔流不息，四望之，而秦峦晋峰为禅者坐蒲团，虽万千年不而重位也。一块儿走上神路的官员，那位眉宇间透着一股精明气的中年人，他异常兴奋，冲着我说："这神路应该叫青云！"我回应着他："好！"我知道他在抒发着青云直上的得意，但他继续往头天门爬去，我却觉得叫青云德路为好。

山脊仍然在凸着，白云观的建筑开始递进而上，头天门，二天门，三天门，四天门，天门重重开启，倒疑惑怎么没建九天门呢，九天门多好，九重天，上到山顶，任何人都可以做神仙了。记得上次来时，正逢庙会，秦晋蒙宁香客云集，满山人群塞道，诸庙香火腾空，我第一次听说佳县的旅游局、文物局就都设在观里，每年观里的收入竟占了全县财政收入的一半。这话当不当真，我未落实，但站在石阶上乞讨的人很多，虽上山的人每次只掏出二分五分的零钱，我询问一个乞者一天能收入多少，回答竟然是三十元，在当时真是个惊人的数目。这次上山，并不逢庙会，香客仍然不少，各天门前的石级上时不时人多得裹足不前。石级外就是松树，树下花草灿然，有人从石级上挤了下去，凑近那些花朵闻闻，不敢动手，因为几十米就有一个牌子，上书：花木睡觉，切勿打扰。有趣是有趣，可大白天里花木睡什么觉呀。民间有传说：今生长得漂亮，前世给神灵献过花。而这些花木沿道两旁开放，那也是为神灵而灿烂，怎么是睡觉了呢？

　　大概数了一下，白云观有庙宇五十余座，各类建筑近百处，这与上次来时恢复了不少，且又大多重新修葺。纵目看去，景随山转，山赋庙形。跟着香客穿庙群之中，回环萦绕，关圣庙，东岳殿，五祖，七真，药王，痘神，玉皇阁，真武殿，三官，马王，河神，山神，五龙宫，真人洞，各路神灵，各得其位。到处有石碑，驻足咏读，差不多见历代历朝、世世代代翻修维护的记载。神灵是人类创造出来的，神灵又产生了无比的奇异，人便一辈一辈敬奉和供养，给了人生生不息的隐忍和坚强。

庙堂里神威赫赫，凡进去的人都敛声静气，焚香磕头，我当然在叩拜之列，敬畏地看着那些石雕泥胎。佛教道教是崇拜偶像的，这些石头泥巴一旦塑成神像它就有了其魂其灵，也就是神气，这如同官做久了身上就有了威一样。白云观自明朱翊钧皇帝亲赐《道藏》四千七百二十六卷，毛泽东主席又两次登临后，声名大震，观里神奇的故事就广为流布。在陕北，我们常常惊叹那些窑洞不但宜于人的居住，其一面山放眼而去，尽是排排层层的窑洞，震撼力绝不亚于一片楼群的水泥森林。人的饮食、居住、语言、服饰都是与生存的自然环境有关，陕北的窑洞其实也是没有木头所致的创造，但白云观如此浩大的建筑群，这些木头又是从哪儿来的呢？观里的道士提起这事就津津乐道，说当年玉凤真人到此，露坐石上，寒暑不侵，每夜山头放光，士人便想筑建坛宇，偏就这一夜黄河里有大木漂浮而至。这样的传说在别的地方也有，河西的嘉峪关城堞修建时，便也是一夜风刮砖至，待修好城堞，而仅仅剩下一页砖。面对着众多殿宇，我无法弄清最早的建筑是哪一座，而这建筑数百年复修，原来的木头还剩下几根？我遗憾在藏经阁里没有看见西南梁栋上的灵芝，那可是佳县人宣传白云观最有名的故事。说是《道藏》存入藏经阁后，有州牧卢君登阁眺望，忽见西南梁栋上挺生灵芝九茎，五色鲜明，光艳夺目。想起甘肃的崆峒山上有悬天洞，历史上凡是有大贵人去，洞里必有水出。据说有一年肖华将军去了山上，和尚道士都跑到洞下看出水的奇观，结果滴水未见。我笑着说："九茎灵芝或许大贵人能见，我不能见，或许有慧根的人能见，我不能见。"自嘲着出了阁，去那真人一指顾间顿令清泉涌出而今称神水池舀水喝，果然是水与石槽相齐，多取之不见少，寡取亦未尝溢出。离开神水池，我便去真武大殿焚香，又抽了一签。白云观的签灵验，早已是天下皆知，最有名的例子就是毛泽东主席在一九四七年农历九月九日抽出一签，结果不久就离开陕北去西柏坡，又不久进京，中国的历史从此翻开了一页。开心的是，我把签抽出，道士问："哪一签？"我说："四十三签。"道士愣了一下，喜欢叫道："日出扶桑，和毛主席抽的同一个签。"签每日被无数人抽过，和毛主席抽的同一个签的人肯定多多，但这一签对于我毕竟是一个庆祝。出了大殿，装好签谱，想今日的陕北，要穷就穷得要命，要富却富得流油，穷人和富人都来这里焚香敬神，于是神灵就以此大而化之，平衡谐和。富人有的是钱，听说早些年里，内蒙古和宁夏的香客骑马而来，朝拜之后，钱袋捐空，马匹留下，只身返回，而今更有吴旗、志丹、府谷、神木一带的贩油暴富的人，或者山西太原一带的煤大王，动辄来这里捐献巨资，或修一座桥，立一个石牌楼。他们有的是钱，但他们需要平安，需要好好的身体和快乐。这就像害胃病的人来求医，医生完全可以一次看好他，却看了多年，花去了许多钱，医生说："他很有钱，需要一个胃病，而我一直在帮助他。那些贫穷苦愁的人来这里，他们的人生积累了太多的痛苦，需要带着明日的希望来生活，烧一炷高香，抽一个好签，其生命的干瘪的种子就又发芽了。"一直在殿前院子里帮香客点燃香烛的那个老头，衣衫破旧，形容枯槁，但总是笑笑的，一脸天真。他见我出来，恭喜我抽了好签，说："你要信哩！"我们就交谈起来，他说他是佳县城北山沟里的人，五年前害病了，病得很重，又没钱去看医生，家里把棺材都做好了。就这么等着死的时候，有人建议他来观里敬神，他就来了，以后每隔一天来一趟，结果病有了起色，越来越好，现在病竟然没了，他便还来，帮着香客点燃香烛，清洁观里的垃圾。我没有问他到底患了什么病，也没有揭穿有些病只要把思想从病上转移，心系一处抱着希望，又不停地上山活动，时间一长病也就消除了，但我说："要信哩，人活在世上一定要信点儿什么的。"

　　天色向晚，我是得离开白云观了，离开前登上了魁星阁。魁星阁在山之巅，可以拍摄山的俯瞰图，却遗憾这次来未能目睹云漫庙宇的景观。但是，连我也没想到，就在出了魁星阁，山巅之后的空中竟有一片云飘来，先是带状，后成方形，中间空虚，而同时在整个山脊两侧的沟壑里也有薄雾如潮涨起，花木牌楼顿时缥缈，数分钟后，山头上空聚起一堆白云，白得清洁而炫目。

我永远记住了，白云是白云山的一个开花。

DING XI
NOTES